Fate/Prototype
蒼銀的碎片
3
櫻井 光
原作 TYPE-MOON
插畫 中原
Kadokawa Fantastic Novels

Servant Berserker

狂戰士

使役者位階第二階，狂戰士。

來自十九世紀小說《化身博士》中一個內心充滿苦惱的角色——或以此為藍本的人物。以英靈而言，靈格雖然低，卻能以狂暴技能大幅提昇整體能力。

同時，他也是一個肉體甚至會隨人格轉換變化、變形的雙面人物。具有理智的「傑奇」，以及凶暴狂獸「海德」兩種人格。

角色設定
初稿

Personal Data

自稱詞：我（原文為僕）
使役者位階：第二階
真名：亨利·傑奇（Henry Jekyll）／海德（Hyde）
技能：狂暴、變身、自我改造、怪力、無力之殼
寶具：祕密的罪惡遊戲（Dangerous Game）

Status

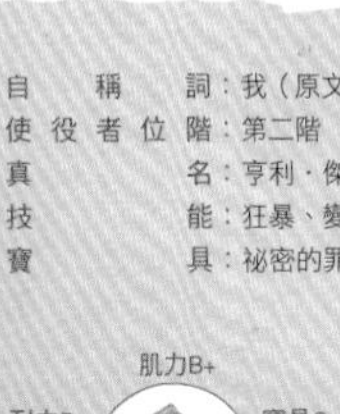

Kitano Tatsumi

來野 巽

居於東京世谷田區的男高中生。

從未接觸魔術世界或神祕方面的事物，在普通人的生活中成長。直到收下父母分送的外公遺物，以其為觸媒奇蹟般地碰巧召喚出狂戰士傑奇（海德），才被捲入聖杯戰爭的漩渦中。

擁有魔眼，但本人並無自覺。

Personal Data

自　稱　詞：我（原文為俺）
主人職階：第七級
魔術系統：魔眼（生物操控型）
魔術迴路／質：C
魔術迴路／量：E
魔術迴路／組成：正常

Isemi Shizuri

伊勢三 玄莉

孤倨東京西部的魔術師派系——伊勢三家之主。

根據地位於奧多摩的蓊鬱山林之中，在都心各地另有多處以醫療機構為中心的據點。

擁有魔術師家系中十分稀有的能力，與現代科學達成相當程度的適應性，且採順應心態。就算說他企圖以魔術師原本避諱的現代科學，提昇如今已看不出進步空間的術理也不為過。

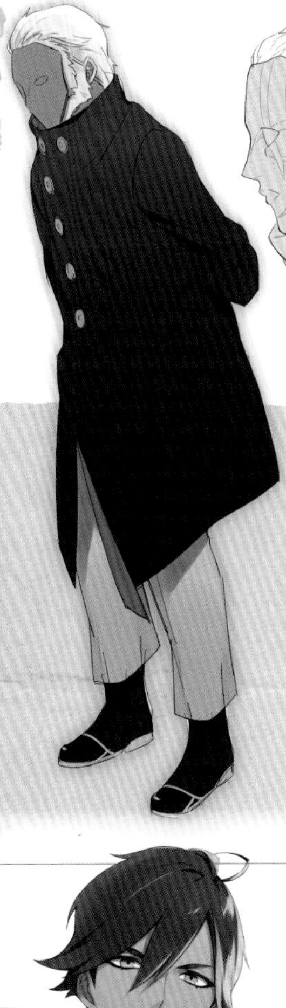

Personal Data

自稱詞：我（原文為私）
主人職階：第四級
魔術系統：鍊金術、卡巴拉、現代魔術、？？？
魔術迴路／質：C
魔術迴路／量：D
魔術迴路／組成：異常（瀕臨枯竭）

Servant Rider

騎兵

Personal Data

自稱詞：余
使役者位階：第五階
真名：奧茲曼迪亞斯（Ozymandias）
技能：反魔力、騎術、王者魅力、神性、皇帝特權
寶具：熱沙獅身獸（Abul Hool Sphinx）
闇夜太陽船（Mesektet）
光輝大複合神殿（Ramseum Tentyris）

Status

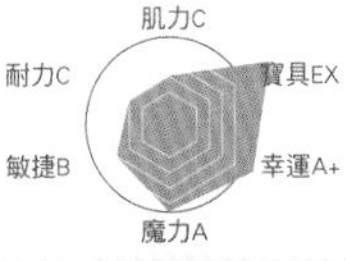

Nefertari

娜芙塔莉

奧茲曼迪亞斯鍾愛的少女。

他的第一位妃子，生涯唯一「敬愛」的女性，甚至讚為哈索爾女神降賜人間的神蹟，給她的恩寵遠勝於其他眾多妃子。

娜芙塔莉這名字，有「天下最美的女人」之意。

摩西

奧茲曼迪亞斯最好的朋友、義兄弟。

強褓時遭遺棄於尼羅河畔，受奧茲曼迪亞斯之母拾獲並扶養，和他一起長大。日後卻率領所有被埃及奴役的納爾納人（即希伯來人）對抗強大的法老，呼喚分海奇蹟，將他們帶往以色列。有聖人、預言家之稱。

伊勢三工坊隔離病房裡的少年與他相當神似。

Moses

Fate/Prototype 蒼銀的碎片

3

目錄
CONTENTS

Fate/Prototype
蒼銀的碎片

3

櫻井 光

原作 TYPE-MOON

插畫 中原

Beautiful Mind ACT-1

一九九一年，二月某天。

東京都港區倉庫街一角。

「閉斷（盈滿），閉斷（盈滿），閉斷（盈滿），閉斷（盈滿），閉斷（盈滿），

複誦之度，以五為數，

唯滿盈之時，斷當滅棄——」

男子的言詞高聲遍響。

吟誦的是——咒語。

當初，這字串是為追尋魔術奧義也成就不了的奇蹟而誕生。

那麼男子是相信奇蹟的人嗎？並不是，他與生活於二十世紀的大部分魔術師相同，也是個機伶的現實主義者。正由於身為超常神祕的運使者，更需以冰清的視線綜觀世界的全貌。

真要說起來，沒錯，男子吟誦這段咒語的信心來源是——可能性。

至少，那足以使男子深信不疑。

而那就是——

「聖杯」。

對，神聖的——杯。

那是救世主與其門徒進行最後的晚餐時用的酒杯嗎？

還是中世紀騎士追求的聖遺物？

抑或是據傳為其原形的「古老」鍋釜？

無從得知。替他安排會面的魔術協會成員什麼也沒說，而據說上門請託協會的聖堂教會那些神父，就算知道聖杯藏在哪裡，也不會知道它的由來。

能確定的只有一件事。

教會神父讓他只見過那麼一眼的聖杯——絕對是「貨真價實」。

為它矚目、震懾的那瞬間，男子如今仍記憶猶新。

那莊嚴的存在感。

彷若神祕集大成的光輝。

更驚人的是，那龐大無邊的魔力。

那當下，男子甚至有全身魔術迴路都為之亢奮的錯覺。他親眼目睹、親身感受的聖杯實體，簡直與僅是呼吸就能無限生成魔力的傳說龍種無異。

而神父還說，男子見到的不過是小聖杯而已。

位於遠東邊境的都市——這東京某處的大聖杯，力量更遙遙凌駕小聖杯，能「達成任何不可能的事」。

一言以蔽之，沒錯，就是萬能的願望機——

「——吾宣告。」

凝神於念咒之餘，一段記憶在男子意識角落復甦。

神父是這麼說的。

聖杯啟動之時，願望必將達成。

「汝之身歸吾管轄，」

魔術的窮極，根源。

所有魔術師的悲願、大願也將唾手可及。

「吾之命運繫於汝之劍，」

因此。

首先非得借助那絕大的小聖杯之力，召喚「善魂」不可。

聖杯律定的數目，總共為七。

「汝若服膺聖杯所依，遵從此理此意，就回應吧。」

並不是任何人都有這樣的機會。

只有聖杯選出的七名魔術師才能召喚善魂——七名英靈(使役者)。召喚英靈。完全是不可能的奇蹟、求之不得的神祕。要參加這七人七騎的廝殺，成為最後的一人一騎，奪下大聖杯使用權，就得招撫人類魔術師所遙不可及的至高境界、英靈——作為某種使魔(使役者)。

「吾在此立誓。

吾乃天國百善之化身。

吾乃鎮服天國萬惡之人。」

高響的咒語。

不可能完成的魔術儀式。

人間不可能啟動的魔法陣。

「汝乃身纏三大言靈之七天，

從抑止之輪現身吧，天秤守護者——！」

然而——

啊啊，看清楚了。

此時，魔法陣放出的魔力光。

此刻，本應無形的靈體藉由乙太之力，獲得虛假的肉體。

最後，不可能的召喚在此獲得可能的證明。
因為英靈已在咒語誦畢的男子眼前，成功現界了。
說不定，這就是史上第一個由人類之手所召喚，完整無缺的英靈（使役者）。
位階是刺客。

具有——
適合黑暗的身影。
頭戴骷髏面具。

——以及，年輕柔潤的女性肢體。

專司暗殺的使役者。
擅長潛入、偵查與詭計，以「刺客」位階召喚出的英靈。

除倨傲群雄的極高敏捷度之外，其他屬性都算不上優秀。
若與三騎士——劍兵、槍兵或弓兵那樣的對手正面對陣，勢必難以全身而退。
因此，刺客能採用的戰術，只限於偷襲。

但在偷襲中，刺客能夠發揮極其可怕的效力。
而如此效力的關鍵，在於其技能「斷絕氣息」。

就前提而言，使役者基本上都具有高度的感應力。
魔術師（主人）本身雖也能感應到魔力的起滅，但英靈的感應力大多高於主人數倍。除魔力外，他們還能察覺使役者特有的氣息。

而刺客的「斷絕氣息」，能使這種感應力形同虛設。
要注意的是，那與藉靈體化「消除氣息」不同。
這個技能，能讓刺客在保有肉體的狀態下自由偷襲。

除了驚人，還是驚人。

那是非常難以預防、應變的能力。

等同神話再臨的使役者不可以常理論之，要應變出其不備的攻擊，或許也不是不可能的事——那麼主人本身呢？

縱然刺客的攻擊力、防禦力都不如三騎士，但英靈終究是英靈。

魔術師絕不是刺客的對手。

就針對主人的攻擊行為而言。

切記，無人能與刺客匹敵。

根據第一次聖杯戰爭的紀錄，至少有「三名」主人死在刺客手上。

這是不爭的事實。

若擔憂遭刺客暗算，就必須讓自己的使役者隨時處於備戰狀態。

但就整體功效而言，這也是下策——

務必畏懼刺客。

只要「妥善運用」，那會是最強的英靈。

（摘自某冊陳舊筆記）

太棒了——

男子認為自己成功召喚了史上第一個英靈，如此在心中讚歎這個瞬間。

即使忘我地高呼喝采之詞，也不足為奇。

同時強烈地感受到，自族仁賀家的腳步並非白費工夫。在被認為魔術落後的遠東地區積攢的數百年歷史，全有了確切的意義。

儘管召喚工程本身並沒有特別艱難的術理，這場首見於世，正發生於東京的大規模魔術儀式——以爭奪聖杯為目的的「聖杯戰爭」，會將他視為夠資格的魔術師，肯定是拜仁賀家系之賜。

「哈哈……」

男子笑了。

「哈哈哈……」

一笑再笑。

接下來是激動的歡呼。

情緒或許和適才唸咒時一樣，或更加亢奮。

「成功了，成功了！」

這孤獨的歡呼不知持續了多久。

幾秒鐘？還是幾分鐘？應該不至於超過十分鐘，總之男子當時完全感覺不到時間的流動。即使他理解正確，知道自己能成功召喚應是史上第一個英靈全賴聖杯的力量，但他仍如此欣喜若狂。

他——

仁賀征爾，是一名魔術師。

身形清瘦的男子。

有人覺得他眉目銳利，歷經琢磨。

有人覺得他一臉寒酸，面有菜色。

隨觀點不同，印象也會有一八十度的轉變。

那麼，這一刻又是如何呢？

「……我成功了。」

他生在較為古老，堪稱名門的遠東宗族。

二十來歲就從前任當家繼承家族大權及魔術刻印，如今又受邀參加這場發自聖堂教會之請，等同於魔術世界的中心——魔術協會所主辦的城市級魔術儀式，由此知曉其魔術師實力可見一斑。

然而，那不等於他滿足自己這二十多年的人生與家系。

所謂名門，也只是經比較後得出的虛名。

與玲瓏館那樣貨真價實的名門相比，規模實在太小，對表面社會的影響力也太弱。

再者，遠東不只被視為魔術世界的落後邊境，其實水準也與總部設於倫敦的鐘塔——魔術協會相差甚遠。意即他與真理、魔術之窮極，至高無上的神祕——根源的差距也就是那麼大，毋庸置疑。

學習傳家的鍊金魔術，繼承魔術刻印的同時，焦躁與渴望無時無刻都驅策著這名仁賀家之主。這樣就夠了嗎？自己也該像父親和祖父那樣，純粹將人生都花在鑽研與家業上，夢想著子孫有朝一日定能成就大願嗎？

不。

不該如此。

自己是天選之人。

至今感受到的是焦躁、渴望嗎？不——一定全是野心。

無論送來東京的聖杯是從何而來，答案都是一樣。

並不是因為聖堂教會那些人嚴肅地表示「若能啟動大聖杯，即可證明奇蹟存在。」「因此，我們必須藉由你們魔術師證明奇蹟存在。」「我們不會阻止你們利用聖杯的萬能力量成就大願。」就被灌了迷湯。不過這個挑戰，就接下來吧。

魔術協會使者那天的嘴臉，教人想忘也忘不了。

簡直虛情假意。難道鐘塔真的將遠東這場魔術儀式、聖杯戰爭，通達根源的途徑視為下策，當作一樁必須紀錄的事件以茲參考而已嗎？

真相只有他們才知道。反正自己——這個名叫仁賀征爾的男人明顯被他們瞧扁了。

然而——

「哈哈哈，英靈……不對，使役者是我的了！我仁賀征爾的了！

也得到了將傳說化為現實的神祕當使魔差遣的資格，加入這場戰爭了！」

自己仍確實、穩健地。

向大聖杯前進了一步。

聖堂教會還沒送來任何關於其他魔術師成功召喚英靈的報告。

那就表示，自己是史上第一個，世上唯一一個召喚出完整英靈的人──

「我！一定要贏！」

決心伴著亢奮脫口而出：

「我！絕對要殺光其他六人六騎！

找出就藏在這東京某個地方的大聖杯！

然後把聖杯──魔術師的悲願，根源親手帶回來！」

那是交摻歡呼的吶喊。

喊聲震撼了陰暗的倉庫。

廢棄全部儲貨而空空蕩蕩的倉庫裡，現在除仁賀自己以外就只有刺客一個。沒有其他助手，也沒把家裡親近的魔術師找來東京支援。

仁賀認為，聖杯戰爭的本質是一場孤寂的顛峰之戰。

必須賭上自己一切的爭鬥。

所以他義無反顧地投注了家族所有財產。在這倉庫裡愛怎麼叫都無所謂，因為他將周邊倉庫都連同貨物買了下來，改造成自己的魔術工坊。港區倉庫街這一帶，如今已是仁賀征爾的地盤。

有哪個魔術師膽敢越雷池一步，就殺了他。

就連攻來的英靈，也要讓他自食惡果。

憑自己和「這個女子」的力量。

「……使役者。」

漸漸地，他意識到——

這個透過召喚而與自己魔力「相連」的人物——

成功現界的英靈，自己的最大戰力，聖杯戰爭的關鍵，使役者——

——外表，是名年輕女性。

就在仁賀知如此認知的瞬間。

一股突來的衝動閃過他腦中。

英靈具有極為強大的力量，超乎人類所能理解，是重現於凡間的神話、傳說，能玩遊戲似的自由操弄魔術師所知的神祕。

因此，即使她真是個年輕女孩。

也絕不可能是尋常人。但是——

（女人……）

他仍然這麼想。

心中為之一震。

骨髓不禁發燙。

那是他二十幾年人生中從未體驗的反應。

說不定，若不曾經歷這瞬間，因喚出英靈而感到人生最強烈的亢奮，他就不會有這種反應，或許還有餘地來冷靜觀察這個超常神祕化為實體的女性。

然而「現實並非如此」。

他對她深感興趣。

更具體地說，沒錯，就是動了慾念。

對那青春洋溢的豐潤肢體。

（年紀……像是十五來歲，不到……二十吧……）

一見鍾情。

愛上那嬌嫩欲滴，凹凸有緻的姿色。

穠纖合度的褐色肢體。

緊貼一層黑色薄衣的肉體。

全然沒注意到為戰鬥而歷經的千錘百鍊，被簡直刻意灌注滿身魅力的女性肉體奪去了雙眼。

很可悲地，他不曾接觸在刀口上搏命的武術。

「……妳……是我的……使役者吧？」

任賀征爾沒有發現。

這名女性，無疑是個戰士。

無論是肢體還是黑色薄衣，都只是她的武器。

「呼應我的召喚……來到這裡幫助我……達成願望。」

「是。」

那是彷彿有所克制，刻意壓低的聲音。

那就是這女性的聲音。

仁賀認為，她也對他動了情。

「那麼，妳也當我是主人……沒錯吧？」

「是。」

那是彷彿有所忍耐，優雅靜謐的聲音。

那就是這女性的聲音。

仁賀認為，她正在等待著他。

「我想知道妳的名字，告訴我。」

「看來您不知道我的名字呢。」

那是彷彿有所領會，非常冷靜的聲音。

那就是這女性的聲音。

她的表情被白色面具覆蓋，無法窺知。

儘管眼鼻一帶都罩在面具底下，但從她臉部輪廓以及姣好的唇形來看，仁賀不得不篤定她有張美麗的容貌，甚至開始想像面具底下有雙勾魂的笑眼。

「我是受領刺客之名與位階之人。」

「這樣啊。」

仁賀鬆開領口之餘，點了點頭。

女性有所渴求。

那麼，自己非回應她不可。

「扼殺任何生命之人。」

「這樣啊。」

仁賀接近女性一步，點了點頭。

女子有所耽慮。

那麼，自己非撫慰她不可。

「我是只懂得殺戮的人。縱然如此，您還是願意……讓我服侍您嗎？」

「那當然。」

仁賀將手伸向她的臉頰，柔聲低語。

女子有所猶豫。

那麼，自己非帶領她不可。

自己邂逅的，是命中註定的那個她。那麼，還有什麼好說的呢？

仁賀征爾毫不遲疑地踏入她的領域，沒有察覺自己毫無猶豫，毫無耽慮，完全順渴求而行動。即使以魔術設下精神防禦，即使在這魔術工坊，自己的領域之內，他還是那麼做了。

是因為使役者的能力嗎？

不，並不是那樣。

那不是主人能夠認知的事。

若只是知道，她是受小聖杯龐大魔力援助才能召喚，在屬性與能力構成的魔術物質埋入英靈而成的「使役者」，他絕不會明白。

——因為，那就是她這麼一個人物的「自我」。

「那麼，我的主人，我也願意將自己完全奉獻給您，無論名字還是寶具。」

稱作習性也無妨。

女性——

刺客握起男子伸來的手，在他撫上臉頰之前。

接著將手掌反向一扳。失去平衡的仁賀隨之向後傾倒，但在那之前已被溫柔地抱住。最後，女性從上方將一腳跪地的他摟在懷裡。

「妳……」

想做什麼——甚至來不及這麼說。

她已湊上前來。

女性的臉龐，就在視線彼端——仁賀的正上方。

女性的指尖，撫過他的臉頰，以及漫生的黑髮。

啊啊，我要這個女人。不，召喚成功的那一刻起，她就是我的人了。

將與我攜手邁向大願的人。

大願是什麼來著？不管了，我現在只想吻她。

就在仁賀這麼想時——

——脣與脣，交疊了。

那是他有生以來「第一次的經驗」。

雖不是完全不曾與異性交際，但他仍能斷言，自己從未體驗這種滋味。發聲用的器官、口、舌都被阻塞，於是他改以喉部低吟。那是陶醉的呼聲。

好柔軟的脣。

好火熱的吻。

轉眼間就為之神迷。

一切都變得好朦朧，意識與思緒都開始混濁。

大願，悲願，家系。

魔術協會，聖堂教會。

聖杯，大聖杯，小聖杯。

英靈，召喚，屬性，「寶具」。

他總覺得有件事令人非常在意，但再也無法深入思考。

火熱、柔軟，整個人都要融化的甜美快感，順著舌肉染遍腦髓。

——就這樣，仁賀征爾結束了他二十餘年的生命。

「……我的真名是哈山·薩瓦哈。寶具是妄想毒身（Zabaniyah）。」

慢慢地，女性呢喃道。

脣已退離。

一放開手，完全失去生命溫度的仁賀的軀殼就癱軟地倒在地上。

「我全身上下都是濃濃的毒。」

指甲、皮膚、肌肉、體液。

皆為毒。

皆為刃。

皆為死。

那就是，這個名為哈山的女性的真面目。

具女性形體的毒。

塑造成毒的女性。

宛如重現遠古印度神話之「毒女」的「暗殺之花」。

近似高級香水的體香、吐息，都是毒。

質地晶瑩光潤的肌膚、肉體，也是毒。

尤其是粘膜部分，更是毒中之毒。無論有任何護符或魔術保護，人類魔術師只要輕輕碰一下，就只有一種結果。就算是英靈，受了兩次死亡之吻，也只有同樣下場。

而下場——

「就是——死。」

女性終究是個戰士。

正確而言，是不斷暗中奪人性命之人。

遵從律法、命令。

與自我。

「……………」

女性注視著斷線人偶般癱倒的主人，嘆了口氣。

又深又長，充滿惋惜。

嘆出周圍若有生物，都早已不再動作的毒之氣息。

經過數秒的時間。

女性在主人的屍骸旁屈身。

朝那開始發冷的脣，湊上自己的脣。

「……我要的，不是你……」

以若即若離的間距。

短短地這麼說。

如同過去所述——

他們必須藉魔力維持存在。

換言之，他們失去主人就無法存在。

嚴格來說，英靈（使役者）的召喚與現界所耗用的魔力，是由聖杯——

由小聖杯代行。
唯有聖杯，具有化不可能為可能的力量。
可以視為大聖杯即是萬能願望機的旁證。

但是。
使役者受到召喚後，維持肉體或進行戰鬥行為，都需要不停消耗魔力。
這些魔力，「全部」都得由主人負擔。

更進一步說——
主人即是使役者「在現世的依靠」。
召來現世的英靈，需以活在現代的主人為立足點，才能留在現世。
換言之，他們失去主人就無法存在。

那麼，失去主人之後會如何呢？
基本上是依英靈性質而異，大多是就地消滅。

失去主人的當下，使役者就失去了依靠，從現世消失。

若具有單獨行動技能，肉體還能維持一天以上，但那是弓兵的特有技能，其他位階的使役者與其無緣。

然而有一個例外。

在神話、傳說、軼聞中，在長期單獨潛入上有過精彩表現的英靈，可能不受位階限制，照樣獲得單獨行動技能。

因此，成功殺害主人的當下，仍不能掉以輕心。

而第二個例外——

是關於「控制」因消耗大量魔力而造成的「消散」，維持肉體。

紀錄中曾有一例，是以「攝食」靈魂補充，維持魔力。

如同過去所述，「攝食」靈魂對我們魔術師而言並非禁忌。

但若不節制，容易導致神祕洩漏。

一旦發生例外中的例外，除儘速——給予「適當處置」外，別無他法。

（摘自某冊陳舊筆記）

我究竟在「做什麼」？

我的現界，是根據我自己的意識。

面對那不可能發生的事象，我究竟做了什麼呢？

不對。

不對。

我到底在幹什麼？

現界了的我，依然是我。

雖與生前不同，但仍是生前那個毒花、毒女——靜謐的哈山。

我面前有個男人。

他和我生前遭遇的許多男人一樣，向我求歡。

我也隨我的意願，碰觸了他。

殺了他——再一次地。

我又殺人了。

因為我以為，「這次」一定可以。

那是我的願望。

我膚淺至極的願望。

殺死親近我的每個人。身為毒物的我，只有那麼一個願望。

就是跟隨即使碰觸我——

也不會死，不會病倒，依然對我微笑的人。

是我太心急了嗎？還沒得到聖杯，就一直想著「會不會是他」。

難道。

我早就瘋了嗎？

碰觸我還能存活的生物，應該不存在才對。

無論是多麼強韌的幻想種，我也照殺不誤。我的身體比生前更毒了。寶具，我的自我，如今隨英靈身分昇華到這樣的境界了。

因此，我的願望不會實現。

我殺了他，我的主人，所以我也得不到聖杯了。

接下來，就只有毀滅等著我。

這個「我」會和紅霞一起消失，將愚蠢的悔恨記憶送回歸所，絕對逃不過消失的命運。

但是──

我還是無法放棄。

我，不想消失。
我，還不想死。
我，應該還沒放棄吧。

我把無辜的人——
生活在這極東之城的人，殺了又殺，一殺再殺。
對看上我而接近的男人，碰了又碰，不停地殺。
一天，兩天。
第三天了。

我宰殺人群，維持虛假的肉體。
我吞食靈魂，維持虛假的生命。
明明沒有希望了。

渴望地，索求著些什麼。
飢迫地，追尋著些什麼。

是魔力嗎？這個只能幫助我維持現界的東西？

不對。

不對。

不是某個東西。

而是「某個人」才對。

今晚，我仍不停殺人。

今晚，我仍流連街角。

天天憑能力改變外觀——雖然頂多只能改變裝扮。

雜遝之中，有個面色疲憊的男子向我搭訕。

我對他微微笑。

盡我最大努力。懷著小小的善意，希望至少讓我要殺的人，最後一刻能活在美夢裡。

可是，啊啊……

為什麼呢？

那些男人對我說：

「啊啊，妳很寂寞對不對？」

「沒有。」

「我一點也不寂寞。」

「可是……」

——那是都市傳說。

——會對大人輕聲搭訕的外國少女。

——時間是夜晚。

——少女會在深夜的街道上現身。

「我很難過。」

——那是死亡的誘惑。

「所以，才笑不出來吧。」

——與故事名稱一樣，必定帶來死亡。

「……你願意安慰我嗎？」

像這樣。

盡可能輕聲回答男人的問題。

今晚，我也會碰觸他們。

今晚，我也會殺害他們。

一個人，兩個人。

在小小的旅館裡，我碰了第五個男人，並在吻他、殺了他之後——

又回到了車站前。

我覺得，自己慢慢認識了東京的夜晚。

正確來說，是那些會接近我的東京男性的習性。

他們每天都很累，不知道在趕些什麼。

見到我佇立在夜晚喧囂中，就會勾引我。

什麼人都有。

有人假裝關心我一個人會有危險。

有人看起來是真的想要安慰我。

有人滿臉情慾。

有人呼朋引伴。

有人配戴著危險——以人類的標準而言，很危險的輕度武裝。

我碰了他們每一個人。

條件只有一個，就是有沒有勾搭我。

好了，到車站去吧。

東京都豐島區池袋，池袋車站周邊。這地方人潮洶湧，很不錯。

尤其是北口一帶。

那裡鄰近住宅區，會有很多準備回家的男性經過。

而且，沒錯——

旅館特別多。

他們一勾引我，就會馬上找個房間帶上去。

可是，同樣手法重複太多次之後……

我被經過武裝的人群包圍了。

狀況一亂，我甚至會殺死不想勾引我的人。
所以，我必須盡量避開麻煩。
雖然我瘋了，我還是想遵守我自己定下的規則。

不要每天都站在北口附近。
偶爾也換到東口去吧。

這麼想時——
我不自禁地想起自己曾是個使役者。
因為我感覺到了。兩個動靜，兩騎英靈，目前就在池袋車站附近戰鬥。
從方位和距離來看，位置應該是Sunshine City 60一帶。

快逃吧——

我想我有過這種念頭。

畢竟我不能再參加聖杯戰爭了。
不過，假如不知情的他們發現我的存在，我就會死。
所以非逃不可。

我完全斷絕自身氣息，在暗巷中飛躍。
一轉眼就躍上住商大樓頂。
就這麼跳過一個又一個樓頂，離開池袋算了。

我不能被捲入使役者的戰鬥。
我不想死。
我還想活下去。
還不想放棄。
所以，我要活下去，活下去，活下去。
存活到——

「哎呀？」

——突然有聲音，清鈴似的聲音。

「像妳這樣的還真少見。嗯，不對，我本來就認識不多使役者朋友。」

——命運，就站在那裡。

「妳是刺客吧？」

——具有少女的形體。

「咦，這樣啊……」

——也就是，近乎全能的少女——會是近乎少女的全能嗎？

「妳……」

——在月夜中微笑的她，彷彿是世界公主（Potnia Theron）。

「沒有主人吧？那麼……」

少女白皙的手。

沐浴在星月交輝之下。

帶著眩目光彩，就這麼——撫上了我褐色的皮膚。

Beautiful Mind ACT-2

一九九一年，二月某天正午。

東京都新宿區——

ＪＲ新宿站東口附近，俗稱的ALTA前。

來野巽剛出站門就被近在右手邊的派出所嚇出一身冷汗，最後發現是自己空緊張一場。也許因為這裡是新宿，或正值中午時間，即使是完完全全的平日，東門周邊也滿滿都是人。

在巽看來，新宿的人潮基本上是二十餘歲的男女占大多數，不過他其實很不會猜別人的年紀。像昨晚，他的答案就與新朋友的年紀差了一大截。話說回來，這裡的大學生，或與他年紀相仿的男性還是很多。

這麼一來，自己和另一個人——新朋友就不會太顯眼。

他是個外表整潔清爽的外國人，還有副端正的五官，假如帶到教室裡，保證會引來女同學一陣尖叫。然而不知為何，神態沉穩的他似乎很能「融入」人群。

站在人群中的樣子，感覺就是很自然。

他心血來潮地仰望高聳的ALTA大樓，一面點著頭輕聲讚歎，一面繼續走。

真的很融入。

儘管如此，他終究是個有張英俊臉龐，溫柔的翠綠眼眸的人。

一旦注意到他的存在，目光就會受到吸引。瞧，現在就有幾個與他擦身而過的年輕女性，一副「要不是有事要忙，真想整天盯著他看」的模樣，遺憾地轉進ＪＲ鐵路邊，牆上貼了一大堆手繪電影海報，通往西新宿的小路。

「雖然腦袋裡知道這是怎麼回事，實際看還是很驚人呢。」

啊，他說話了。

巽停下茫然追隨那些女性的視線，轉向他。

「對啊，嗯。都是這樣，外國人本來就很引人注意。」

「我是指這個景象。」

「啊。」

真糟糕。

完全牛頭不對馬嘴。

虧外婆以前還經常叮嚀我，要平心靜氣聽人把話說完。

「就是啊。你那個年代，路上還沒有影音看板，就連電視都還沒有吧……咦，那個，你不是說該有的現代知識你大致上都有嗎？」

「我剛才不是說，我知道這是怎麼回事嗎？」

「啊，對不起。」

又來了。

完全在恍神。

道歉之餘，巽咒罵起自己的壞習慣。

「不用放在心上啦，巽。我知道那真的不太好分辨。」

「真的很抱歉……話說，呃……就是……新宿，你說你想來人多的地方嘛，那現在有什麼感想？」

「嗯？」

「嗯，很值得參考。雖然外觀實在變了很多，不過人本身還是沒變。」

他在說什麼啊？

看起來明明和自己同輩，頂多二十出頭。

這個新朋友說的話，真的都很奇怪。

不過，那也是當然的吧。

因為他——

「謝謝你帶我來這裡，『主人』。」

不是人類。

也不是活在現代的人。

而是來野巽召喚的——使役者。

「Beautiful Mind」

在此補充幾點關於使役者的知識。

如同過去所述，聖杯會在英靈受到召喚的那一刻，自動賦予何謂聖杯戰爭等大致前提知識。

自己是因為有魔術師（主人）召喚而現界。

英靈共有七騎，魔術師共有七人。三劃令咒。

成為最後的一騎一人，奪得聖杯，就能完成自己的願望。

以及自己的本質已與原來不同，是以屬性、技能以及位階構成，被召喚到現世的魔法物質。其他還有英靈能感到彼此的獨特氣息等——

他們也了解，構成自己一部分的聖杯戰爭是什麼樣的架構（規則）。

萬一主人方出了某些差錯，在幾乎或完全沒有前提知識的狀況下偶然獲得令咒喚出英靈，只要使役者正確了解狀況，應該就能對自己的主人解釋何謂聖杯戰爭。

另一方面——

聖杯也會賦予英靈「現代知識」。

並自動灌輸召開聖杯戰爭的東京所用的語言與一般常識。

因此，魔術師不必調查或學習異地英雄的母語。

也不需施用能夠同步翻譯的魔術。
即使是學習難度較高的日語，使役者也能說得像母語一樣流利。
據監察者表示，這是為了促進聖杯戰爭順利進行。
如此一來，英靈就不會因為見聞現代與自己生前年代的巨大變遷而陷入混亂，專心為目的而戰。

但有一點必須謹記。
即使「知道」，那也不是自己的「經驗」。
使役者對現代事物產生極高興趣之類的事，是十二分地可能發生。
務必摸透自身英靈的性質。
絕不能讓他們的心離開聖杯戰爭。

（摘自某冊陳舊筆記）

來野巽是個平凡的少年。
正要從少年轉變為青年，世谷田某都立高中二年級生。
成績是中等中的中等。
體能也是中等中的中等。
喜歡的女生，是三天才會對他笑一次的鄰座女同學。
興趣是賞鳥和閱讀。
沒錯。即使沒能反映在成績上，他也自負讀了不少書。
話雖如此，書上也讀不到「世界的真實面貌」。
什麼都很平凡。
沒有值得一提的長處。
頂多就是被他用雙筒望遠鏡或單眼相機的取景窗鎖定的動物，不知為何時常會長時間停止不動，次數多到能讓他仔細觀察動物或拍出好相片的程度。
可是，一九九一年二月某天。

像這樣和新朋友漫步在新宿街頭的現在數來兩天前——

來野巽做了一件不平凡的事。

應該說「發現」才對。

就在他見到印有全國模擬考成績的表單上，自己的偏差值正好位居中間，感到自己實在不怎麼特別的時候，雙親將去年底過世的外公家分送的遺物寄到了他手上。

沒錯，若問巽和班上同學有哪裡不同，就只有今年春天，他開始在世田谷的小公寓獨居罷了。父親受泡沫經濟崩潰牽連之類的原因調到外地，母親和妹妹跟著搬過去，只有準備考試的他留在東京。

他對寄來的遺物並沒有任何特別的期待。

也不曾幻想裡頭說不定會有什麼證據，指出他是日本史課本上留名的偉人子嗣，或天價美術品。現在已經完全不看動漫畫的他，如果早個幾年收到這些東西，或許真會作起自己因為繼承了神話傳說中的寶劍或寶石，輾轉開始了冒險犯難的生活——之類的白日夢吧。

都是些陳年照片、舊書、斷墨的老鋼筆、記錄第二次世界大戰從軍點滴的小冊子什麼的。巽就這麼咀嚼著回憶，一個個檢視外公留下的這點東西。

「這是什麼？」

除了平淡記錄殘酷戰爭的小冊子之外，還有一本黑色筆記。

其中羅列著奇妙的文字。

會覺得那是某種咒語，是因為一時興起，看過幾本關於超自然力量的書嗎？現在想起來，也有可能是他與生俱來的某種遺傳性特質。總之，巽將那長長的字句唸了出口。

縱然連「魔法陣」也沒有。

那些言語，仍確實發揮了「魔術」的功效。

他看見了光。那和電燈、火焰、星月太陽的光都不同。一時還想到科學雜誌核技術特輯介紹的相干光，但除了都是藍色以外，巽有某種程度的信心，確定它們並不相同。

接著，他出現了。

新朋友。

一個年紀看來比他略長的外國男性，有雙顏色迷人的瞳眸。

他可不是打開公寓門走進來的。光線浮現在三坪房間的半空中，描繪出幾何紋路——後來他才知道，那應該是某種擬似魔法陣。然後，猶如沸騰似的湧上，藍色光點團團凝聚，化為實體。

巽緊接著的反應相當平凡，沒有什麼好描述。

姑且說來就是——

驚愕地扯開喉嚨大叫。見到對方示意安靜的手勢，才總算鎮定下來。

不知該如何是好的巽。聽他說「不用緊張」，便老實地相信他。

思考著他算不算是客人。對他說「等我一下」，就拿「茶壺」泡了茶。

不懂魔術，不知神祕，不諳暴虐，不識死地，在平穩生活中長大的巽，或許頂多就只能有這樣的反應。就結果而言，選擇和這名突然出現的入侵者「對話」，應該也是正確答案之一吧。

「所以，呃……」

接下來這段時間——

巽唸出的「咒語」，將外公遺物中的某樣東西作為觸媒，引起本來不可能發生的異常現象；這個現象，使他出現在世田谷區一角的小公寓。他的名字……

「等等。」隔著茶几聽完他說明後，巽將第二杯熱茶送入咽喉，盡力保持冷靜，想著外婆的叮囑開口問：

「狂戰士？傑奇？海德？我該怎麼叫你才對？」

「狂戰士。你可以這樣稱呼我。」

「這樣啊。」

——但他感覺一點也不像狂戰士（Berserker）。

這就是巽對那不速之客的印象。

的確，狂戰士原先應該是北歐古戰士的別稱。巽慶幸起自己看過的書中，有很多排滿了和課業幾乎無關的知識。不知道班上同學有幾成聽得懂這個詞。

在這一點上，或許自己並不平凡吧。

「你必須盡全力隱瞞我的真名，我們不知道哪裡會有其他魔術師的耳目。無論你願不願意，隱瞞我的身分都是為了你好。」

「這樣子啊。」

「是啊。」

他——狂戰士，看來是個文質彬彬的青年。

和其他外國人一樣，不太習慣直接席地而坐，但還是確實按照巽的指示在榻榻米盤腿坐下，直視他的眼睛回話，有問就有答。

巽很確定，他不是堅持某種特殊癖好的強盜之流。

畢竟闖入一眼就看得出口袋空空的高中生獨居住處，可是一點好處也沒有；更重要的是他的眼神。

不像是在說謊。

並非因為他拿外公的遺物當證明，而是巽直覺地想起了去年過世的外公的清澄眼神。兩者之間有點神似。那不是懷藏某種意圖，想誘導對方的語言，純粹是說明自己所見的平靜眼神。

「真名啊……」

——真名是傑奇，或反英雄海德。

狂戰士將他的兩個本名都告訴了巽。

而巽當然也聽過，那是一本國外久遠小說裡主角的名字。記得是描述一名善良學者，藉特殊藥物使藏在心中「惡徒」的部分失控的故事

學者名叫傑奇，而服藥出現的「惡徒」人格自稱海德。

嚴格來說，兩個都是同一個人的名字。那是在性質特殊的小說角色身上才會發生的事，且現實中，一般人不會同時有兩個名字。

儘管如此，巽還是不認為他在說謊。

所以是真的嘍？

「一個是本名，另一個是根據本名取的，平常用的假名？」

「兩個都是我的真名。」

「這樣啊。」

搞不太懂。

感覺和他之間有著平行線。

這場對話缺少某種決定性的東西。

「我問你喔，狂戰士。這很重要，所以我希望你誠實回答我。」

「什麼事？」

「……你是……人類沒錯吧？」

「不是喔。」

「嗯？」

原來如此。

兩者之間的確有種決定性的「歧異」。不過——

「你真的有一雙好『眼睛』，巽。」

「嗯？眼睛？」

「你的預感沒錯，我並不是人類，而是要和你一起贏得聖杯的使役者。」

就這樣——

巽從明顯「具有理智」的他口中，得知了「聖杯戰爭」的存在。

萬能的願望機——聖杯。

神話的重現者——英靈。

神祕的行使者——魔術師。

無疑存在於世的諸多魔術，不為人知的魔術世界。

自己的「右眼」，是能夠使用某種魔術的「魔眼」。母方宗族可能是魔術師家系的後裔，但就連口傳的繼承也沒有，表示這段歷史可能刻意被人埋沒，不過巽自己還是因為隔代遺傳而繼承了這項特質。

以及，巽獲選為有資格參加聖杯戰爭的魔術師（主人）之一。

「聖杯戰爭啊……所以東京要發生那種事？」

「就是這樣。不，可以說……已經開始了。」

「原來如此。」

老實說。

巽也明白自己只是一知半解。

魔術世界？聖杯？英靈？

魔術師？自己？

淨是些別說理解，就連相信都要耗費大量心神的東西。

不過，還是認真看待自稱狂戰士的他說的「每一句話」吧。

巽已經如此決定。在認識他至今的短短時間內，便決定了這麼一件事。
並不是因為目睹有人憑空出現這種超自然現象。感覺上，那種事靠障眼法也辦得到。
確定聽他說話的原因——
應該還是因為他的眼睛。
真的很像巽最後見到的，外公那雙清澈的眼神。

由聖杯龐大力量召喚的英靈，都是英雄。
至少聖堂教會的人對魔術協會是這麼說明。

就片面而言，這是事實沒錯，但也有特例存在。
那便是「反英雄」。

擁有邪惡性質，也被定義為英雄。
所謂的「反英雄」就是這種人物。字面上即是神聖之杯的聖杯，原本不會召喚歸類於邪惡之徒。

這裡並不是想論述善惡這種觀念性的定義。

但至少，假如聖堂教會口中的「善魂」即是英靈，便與事實有所矛盾。

有幾個可能原因。

例如那是本質正直善良，但包藏邪惡的特殊英靈。

倘若善惡真的只是觀念上的問題，這種說法恐怕有些勉強。

若要提其他可能。

那就是，聖杯不是只會引導「善魂」的假設。

這麼一來，正義的英雄中摻雜「反英雄」，也就合理了。

聖堂教會的人堅決反對這項假設。

在此，我引述他們的說詞：

「聖杯乃全善至善。」

說得斬釘截鐵。

因此，萬一聖杯戰爭出現了「反英雄」，肯定就是前者假設正確。他們是對我們魔術師這麼說的——

他們對其信奉的神立下的誓言，是不容侵犯的最高信條。

所以在這一點上唯有相信他們一途。然而——

我心中有種怪異的躁動。

不是因為用占星術預見了什麼，就只是——

難以言喻的「不安」，如今仍在我心頭揮之不去。

（摘自某冊陳舊筆記）

新宿夜間，京王百貨樓頂。

他說想看天空，巽便帶他來到這裡。

巽還記得小時候，還沒上國中時，曾經和還住在東京的父母跟年幼的妹妹來過這裡。沒錯，他記得很清楚。

搬來彷彿連夜晚都消失了的東京之後，說也奇怪，變得不太會抬頭看夜空了——曾對巽這麼說的，應該是母親。母親的故鄉，外公居住的鄉村是個綠意盎然的山間小聚落，每到晚上都會有望不完的滿天星斗，當年年紀小的巽總是覺得不可思議——或許是這個緣故吧，來到更接近天空的百貨樓頂上之後，年幼的巽立刻情不自禁地仰望天空，而現在也是如此。

雖然少，但還是看得見星星。

不及外公住的鄉村那麼美，但還是散發著璀璨的光輝。

「……冬季大三角是哪個呢？」

巽吐著白氣呢喃。

視線從天空降下後，見到的是令人非常懷念的景物——附設於百貨樓頂的京王天空遊樂場。這裡像個小遊樂園，擺了幾樣供兒童乘坐的遊樂器材。由於五點就打烊，門已經關了。

看不見幾個人。

巽自個兒挑了張圍籬邊的長椅坐下。而他——狂戰士清冷的眼睛則是一直望著星光寥寥的夜空。他在想什麼呢？在他的故鄉，或者生前居住英國首都倫敦見到的星空，和這裡也不一樣嗎？還是說，星空只有南半球和北半球的差異呢？

「兩天前，我認識你那晚也說過了吧。」

「嗯。」

「我的確是被人寫成小說的故事人物。更正確地說，是以那個角色為『樣板』構成的人……不，是那個人死後化為英靈，再根據聖杯和你的引導成為使役者的人。」

兩天前那晚，的確聽他那麼說過。

而巽的感覺也和當時相同，那就是——

「真複雜……」

「抱歉，可是我說的都是事實。我生前是個矢志廣納學問，時時自惕必須客觀的人，而現在面對的，就是一個切確至極的客觀事實。因為我不再是人類，是一名使役者，才能肯定地這麼說。」

「好啦，我相信你。你是一個叫作使役者的角色，不是人類，是為了和我一起參加聖杯戰爭而來的吧？」

「對。」

他仰望星空的臉轉向巽，頷首。

真是個美男子。

雖然小說裡的傑奇年紀好像還要再大一點，不過他對於這個問題的回答，是他們使役者不一定會以死亡當時的模樣現界。看來就是這麼回事。

「我是上個世紀……十九世紀的人。」

「你有說過。」

「對啊，我說過。所以我很想看看二十世紀的人是怎麼生活，城市是什麼樣子。即使聖杯給我的知識，已經讓我大致掌握一九九一年的東京是怎樣的社會，有什麼風俗。」

「這你也說過。」

「對耶，說過了。然後今天我明白到，人終究是『不會變』的。城市也是如此，就是一個人們群聚，歌頌其生命的地方。」

不知為何，狂戰士說完面露微笑。

好柔和親切的表情。

不只是ALTA前，從中午到日落都不斷有女性與他錯身時回頭多看幾眼，竊竊私語。如果是那些女性見到這個微笑，一定會心花怒放吧。巽恍然地想，在這種天色已晚，幾乎沒人的百貨樓頂上只對他一個人笑，好像太浪費了點。這個跨越時空而來——自稱與小說主角是同一人物的新朋友，究竟是為何而笑呢？

「所以……你滿意了嗎？滿意的話，那個……我也很高興，不枉我專程翹一天課帶你來這裡了。」

「真的很謝謝你，巽。」

「沒啦，我不是要你向我道謝的意思啦。」

「我是真的很感激你，就讓我說吧。」

怎麼突然這麼鄭重。

接著，狂戰士又對心裡納悶，實際上也歪著頭的巽繼續說下去。

語氣不變，維持斯文印象，但依稀有種赤誠——

不，那一定是因為下了決心。

「直到今天，我都還在後悔。雖然我內在的『惡(海德)』，是我用『靈藥』作實驗引發出來的，但我窮盡一生都無法阻止他。等到我以性命為代價才終於阻止他的時候，已經犧牲太多人命了。」

真摯、誠懇。

音調一點也不激動，卻哀痛得有如吶喊。

不是可以隨便插嘴的時候。

所以，巽默默承受他的視線和自白。

「我是個無力的使役者。只要不服用化作寶具的靈藥來狂暴化——說獸化或許比較貼切，也就是不表現出反英雄海德的性質，我和一般人幾乎沒兩樣。沒有英靈特有的氣息，相對也不能使用任何能力，發揮不了聖杯賦予我的屬性。」

說到這裡，他暫時停歇。

他昨晚也對巽說過這些話。

因此，保持現界狀態外出，也不會被敵人察覺等。

「我真的很無力，在狂暴以前就連拿出一點力量都很難。我這樣的個體，一定很不適合這個應該得不斷試探對方底細，同時生死廝殺的聖杯戰爭。

儘管如此，我還是不自量力地期盼，可以在這個和我過去生活的時間地點一樣，有許多人生活的城市，彌補至今仍縈繞我心的『遺憾』。」

「……那應該，和你今天說想出來看看有關係吧？」

巽終於開口了。

希望自己沒誤會，並懷著某種小小的願望。

於是，擁有三個名字（使役者狂戰士）的他回答：

「對。雖然聖杯戰爭註定是一場隨魔術師性質變化的暗鬥，不過英靈的力量更是巨大。他們是重現於凡間的驍勇神話、傳說，戰力說不定和你外公經歷的大戰同等。戰況一旦激烈起來，東京就會淪為名副其實的戰場，無數人將因此犧牲吧。所以我——」

他再度微笑。

眼神依然真摯、誠懇。

只有面色變得更加溫柔。

然後他，是這麼說的——

「這一次，我要從一開始就站在『正義的一方』。」

過去，巽也曾是正義的一方。

會變身或搭乘巨大機器人，以他具備的正義之力對抗危害社會，使眾人陷入恐慌的邪惡怪人或組織，保衛家園及人們和平——和其他同年齡男孩一樣。

在年幼的每一天。

一個勁兒地保護世界的——過去。

說起來，正好就是在這京王天空遊樂場純真嬉戲的那時候。

小學中年級以前，巽都是這樣。如今那已是遙遠的舊時回憶，不僅回想起來感覺不怎麼切實，還覺得很害臊而不願特地去想。

不過，自己的確曾是正義的一方。

將自己當作電視上的蒙面英雄，把附近的朋友當成邪惡怪人或組織的尖兵。當然，自己輪流扮演惡勢力阻撓英雄的次數應該也差不多。對小孩子的「英雄」遊戲沒什麼興趣，卻還是因為「想跟哥哥一起玩」而跟來的妹妹，主要都是充當人質，大家一起在日暮西山以前拯救世界或侵略世界。

很快樂嗎？

說真的，記不太清楚了。

那和巽心中其他的兒時記憶，一起淡然歸類在「大家一起玩耍的快樂過去」，沒有整理到把英雄遊戲獨樹一類，分出好不好玩那麼仔細。

但是有一件事。

跨越羞赧而清楚想起的事，是有那麼一件。

「哥哥，我跟你說喔。」

對——

就是妹妹和他說話時的事。

事情發生在兩人難得跑遠一點玩，沿著丸子山川走路回家的途中。那時候的家還是離現在這棟公寓很近的二樓獨戶。兩人肩併著肩，手牽著手。

妹妹的個子比同年紀的女生還矮小——但現在已經長得很高，還很得意地放話說：「明年說不定會超過哥哥」。大多時候巽上哪裡玩，她都會跟去。

回程時總是手牽著手。

不僅父母都是這樣要求他們，即使巽不伸出手，妹妹也會主動牽住他的手，自然就成習慣了。

由於當時的妹妹話並不多，無論來回，說話的大多是巽，妹妹只負責點頭應和。因此，當時妹妹那些話讓他現在仍記憶猶新，能清晰地回想起。

「剛剛，阿德當壞人的時候……」

細節已經忘了。

只記得是和同班同學德光玩完以後的事。

德光當壞人，是侵襲東京的惡勢力尖兵。

而巽是正義的一方，對抗邪惡的改造人之類的角色。

妹妹和平常一樣扮演人質。

「我有點怕怕的。」

巽不曉得是什麼原因讓妹妹說這些話。他想不起當時遊戲的具體內容，只記得德光算是演技派，比較入戲，演起壞人總會用令人佩服的音量邪惡地哈哈大笑，還會搭配各種和電視上的反派簡直一個樣的口白，時常被附近大人抗議：「不要吵！」

所以妹妹她應該很害怕吧。

被德光那感覺壞透了的言語和聲音嚇著了。

這麼說的妹妹，手微微地，真的微微地——

發著抖。

「只有一點點喔。」

「可是，因為有哥哥在，我就不怕了。」

什麼嘛。

結果妳不怕啊？

還記得自己這麼說，然後對妹妹笑了笑。

「……正義的一方啊。」

京王百貨夜晚的樓頂上，巽喃喃地反芻新朋友的話。

來野巽是個平凡的少年。

成績是中等中的中等。

體能也是中等中的中等。

興趣是賞鳥和閱讀。

無從得知「世界的真實面貌」究竟是什麼樣。

不知魔術，不明神祕，不識何謂恐懼。

和同年代的男孩子完全一個樣，在某個古代的占星術師所預言的一九九九年(Armageddon)之前，即使偶爾會聊到「假如預言是真的怎麼辦」，也只是照樣各忙各的，各玩各的，度過一九九一年而已。

各方面都很平凡。

就連小時候和朋友玩英雄遊戲的過去都想不起來。

可是——

（東京會淪為戰場？）

聖杯戰爭。

巽知道這名稱指的是某種魔術儀式，也對既然稱作戰爭，就會攸關生死這點有模糊的認知。然而老實說，感覺很不真實。別說他人的生死，就連對這個自身性命陷入危險的狀況都沒有具體的感想。突然告訴他那些事，實在難以自處。

因為這個緣故，他才能以近似平常的態度聽狂戰士說話，像這樣帶他來到新宿街頭。覺得事不關己，或許是最接近他的心境。

可是現在——

聽到表示東京會淪為戰場這番話——

觸動了他的思緒。

以及感覺。

東京，是這國家的都市名稱。

貨真價實的首都，自己所居住的地方。

在父親調職之際，巽會選擇獨自留在住慣了的東京世谷田區，最大的原因當然是準備考試，沒有其他考量。

儘管如此。

他還是對此地有所思慮。

有所感觸。

這樣啊，原來來野巽這個人，將東京視為「自己的城市」。

東京。在小學或國中不幸結識損友就再也擺脫不掉的——這個城市。

東京。早上，總是有個老人會在倒垃圾時親切問候的——這個城市。

東京。夜晚，放學回家時會和便利商店店員聊兩句的——這個城市。

東京。上學時搭乘的私鐵站前，行人總是匆忙來去的——這個城市。

——有每三天才會對他笑一次的鄰座女同學在的——這個名叫東京的城市。

「正義的一方啊……」

再一次，巽不自覺地重複呢喃同樣的話。

「覺得可笑就笑吧，我無所謂。」

「我哪會笑你。」

簡短的回答。

語氣粗魯，但發自內心。

「我對魔術那方面的事什麼都不懂，像這個右眼，在你告訴我之前，也從來不覺得有那麼厲害，就連能不能順利『使用』也不知道。」

「我會教你。雖然我生前不是魔術師，但是鑽研藥學到最後，也接觸了一部分鍊金術，可以教你一定程度的基礎。」

「這樣就能贏嗎？魔術師和英靈不都是一些怪物？」

「我也不曉得。」

「哈哈，是怎樣，太誠實了吧？」

巽淺淺一笑。

這一定也是缺乏真實感的緣故。

「別逗我了。」

聳了聳肩，巽又仰望夜空。

星星好少。

不知怎地，巽很肯定回娘家整理遺物的媽媽和妹妹也正看著這片夜空。應該還在外地新職場忙碌，時下稱作「企業戰士」的爸爸一定也是。

（這樣應該不算不孝吧，我是被牽連進來的。）

他想到從自己身上浮現，像瘀青一樣的痕跡。

令咒。對自身使役者的絕對命令權，斷然顯示聖杯戰爭參戰者身分，由聖杯所賜的黑色翼紋。從魔法師能力越優秀，翼數就越多來看，自己應該是最低階。

不管怎麼想，自己都很不利。

如果認為船到橋頭自然直，一定是腦袋秀逗了。

即使曾體驗魔術帶來的驚愕，英靈們舞弄的絕大力量，巽還是較為冷靜地有此認知。

自己所不知的世界。

操縱魔術的神祕人們呼風喚雨的世界。

根據狂戰士這兩晚所言，魔術師之中，有人可以以肉身與警隊或軍隊抗衡。換作英靈，甚至戰鬥機或戰車都像紙紮的一樣。先不說信不信，那已是非常驚人的怪物。

就常識而言，平凡的自己根本就不能拿他們怎麼樣。

受過嚴格訓練的警察或軍人都不足為敵了，更何況是我呢？空手道教室上半年就放棄，頂多只有在童年的英雄遊戲裡拯救過世界的高二男生，可以做什麼？

太可笑了。對，因為理性明確地這麼告訴巽，所以他笑了。

的確是世界級的可笑。

昨晚聽說的這個狂戰士的「性質」，根本就不適合聖杯戰爭這種事。結果居然跟我說，要在這種狀況下打倒六人六騎？

可是，儘管如此。

「……既然逃不掉，就只能硬拚了。」

就在這瞬間——

來野巽下定決心。

對於認識戰場真面目的人，曉得實際魔術世界的人，那種想法才算不上決心。真要說起來，就只是隨著狀況走而已。巽也覺得他這份覺悟、決心也只是那樣的感覺。

但「儘管如此」——

巽還是確信那就是他自己的答案。

要保護自己的城鎮。

既然找上了他，就得克盡人事。

再來就是照著比外公更早走的慈祥外婆所說。

保持平常心，專注在該做的事情上。

「好吧，狂戰士。我不知道我是不是正義的一方，不過我想保護會對我笑的人，還有他們所在的這個東京。如果聖杯戰爭會毀滅東京，犧牲無辜性命，那麼我——想『阻止』這種事。」

薄弱。

平凡。

但巽仍確實握持自己的意志，對眼前的非人之人那麼說。

「……謝謝你。就在這一刻，我的願望實現了。」

「嗯？」

「因為在前一段生命中，墮入了邪惡的瘋狂和誘惑而成為『反英雄』的我，發自肺腑的願望，就只有成就正義而已。

所以巽，我想我多半在被你召喚出來的那一刻——」

——要對聖杯許的願，就已經實現了。

說完這樣的話以後。

背著夜空的他向巽伸出手。

擁有三個名字的新朋友，伸出了右手。

表情平靜，但仍然誠懇而真摯。

「你阻止聖杯戰爭，拯救東京的願望不需要靠聖杯來實現，只能靠你自己來達成，我的主人。」

「只要是我能夠做的事，我都會去做。要是喜歡的女生在情人節之前就死了，我死也不會瞑目。」

巽刻意開個玩笑，也伸出右手。

那是——

星空下的誓約。

與正常主人和使役者之間的誓約有些不同。

——是一對新朋友之間，決心與覺悟的誓約。

Fate Prototype
蒼銀的碎片

Beautiful Mind ACT-3

一九九九年，二月某日——

召喚狂戰士後的第八天深夜。

東京杉並區，某清幽住宅區的寧靜小巷裡。

即使位在都內，這條路也挻著一大片綠色領域。

在住宅區顯得突兀，簡直大過了頭的那片領域，已經能用「森林」來形容了吧。黑森林——即使在新宿的御苑或代代木公園，中野區江古田的森林公園，或台東區的上野公園等大型公園設施附近，這樣的景象並不稀罕，但至少地圖上的這一帶並沒有那樣的設施，所以這片森林般的陰暗林地肯定是私有地。

換言之，不是閒雜人等可以擅闖的地方。

從周邊圍繞的鐵絲網柵欄，一眼就能看出即使成年男子可以輕鬆翻越，也充分表示出禁止進入的意圖，甚至可以說是過剩。柵欄上應該施放了以驅人為目的的強力魔法，人類只要看見它，接近或入侵的念頭就會被減弱。

就某方面而言，真是親切的設計。

無論是懷著惡意前往這片私有地的人，還是起了冒險心的小孩，或是不按常理出牌的年輕人，都不會踏入這片以魔術及魔力編設大量死亡陷阱的黑森林。不諳魔術的人都會遠離這裡，就算是魔術師，也很可能戰戰兢兢地退避。

真的是——太好了。

金髮青年今晚也如此心想。

這座被層層堆砌的死亡結界所覆蓋的黑森林，以二十世紀的方式形容，就是比衝突地帶的地雷區更危險的地方。是猶如行星地核的液態外核，貼近太陽的宇宙空間，幾乎不允許任何生命存在的絕死領域。

『……幹嘛用那麼地質學或物理的方式形容啊，狂戰士？』

（因為我翻了一下你的課本。哎呀，真不好意思。）

『話說回來，那裡好像真的很危險耶。』

（對呀。只是，人類都能用太空衣這樣的睿智產物在宇宙維持生命了。雖然稱不上相同，我也能憑藉我使役者的特性進入這座死亡森林，可惜沒有反魔力技能就是了。）

狂戰士使用寶具而獲得的屬性中，耐力甚至高到能在與任一名三騎士正面對戰時達到強力防護作用。在神話及傳說中不懼暴威的肉體，已在自我改造技能的改變型態下做好最佳準備，應能如數承受所有魔術結界。當然他們都知道，凡事都有極限。

『人類應該開發不出耐得了地核熱度的裝備喔。』

（總有一天會實現的，人類擁有無限的可能性。）

『無限？』

（就是無限。）

『是這樣嗎？』

（就是這樣，主人。）

青年（狂戰士）一面與主人進行不出聲的遠距離對話——「傳心術」，一面冷靜思索。就所知範疇，成功入侵死亡森林的使役者含自己共有兩騎，如果還有其他，就是在池袋中心不停殺害民眾「攝食靈魂」的惡鬼，多半連身為英雄的矜持也喪失的刺客吧。只要使用斷絕氣息技能，使役者也察覺不到她的氣息。若再排除這個可能，這座「森林」便尚未被其他使役者攻擊——昨晚那件事不算的話。

狂戰士思索著這場聖杯戰爭的戰況。

目前是膠著狀態。

雖然東京各地不時發生使役者的會戰，但七人七騎應該都還健在，而確定有一名主人和一騎使役者固定鎮守的，就只有這座杉並區的「森林」而已。

『那就照原定計畫行動吧，狂戰士。』

「知道了，巽。」

最後一句話的聲音交疊。

翠綠視線投向「森林」。

黑森林，死亡森林。這片甚為遼闊的住宅地中，這些景物說起來就像是裡頭那宅邸的後院——正確而言並非森林，是宅邸主人設置的偽裝。

也就是通往玲瓏館家——暗傳將職掌遠東魔術世界的名門家系主邸的唯一入口。玲瓏館家土地如今已全是窮凶惡極的魔術工坊，具有前述所言的極致強力結界，只有這明顯是陷阱的「森林」一角開了個破綻，可以強行入侵。

這和當初有些不同。

召喚後的第二天，狂戰士曾暗中嘗試入侵玲瓏館宅院。當時的感覺是，只要做出某種程度的犧牲就能確實突破這裡的結界。然而兩天後，覆蓋整片土地的結界強度提升到高得可怕的境界，簡直不能同日而語。即使他對魔術不那麼了解，也知道那需要非常高深的技術。

完全是絕死的領域，行星地核的液態外核，貼近太陽的宇宙空間。

那樣的結界與架構，堪稱現代魔術師不曾企及的絕技，明顯是於神話傳說之化身的英靈，且是以最擅長魔術的位階現世之人，才能有如此手筆。

——總之可以確定的是，工坊經過術之英靈(魔法師)的重建。

玲瓏館邸已化為「神殿」級的魔術要塞。

其實應該在認為可能強行突破的當晚就付諸行動了。不過那時還不能確定玲瓏館家的魔術師加入了聖杯戰爭，行動本身也沒有獲得主人認可，所以狂戰士很快就撤退了。

（……少為過去的事後悔，是嗎……）

狂戰士想起主人昨天的話。

據說那是他過世外婆說的話。

在狂戰士到頭來無法阻止神殿級強力工坊誕生，沒能在玲瓏館當家喚出魔法師之前打倒——「殺害」他，又在昨晚遭遇應為劍之英靈（劍兵）的使役者時只能撤退，為挫折懊悔時，巽對他說了那樣的話。

那麼，就別後悔了。

現在就像他那樣，專注於能做的事情上吧。

「——祕密的罪惡遊戲（Dangerous Game）。」

解放真名的同時，他服下了裝在小瓶中的液態寶具。

是時候一決勝負了。

既然劍兵也盯上了玲瓏館邸，事態是分秒必爭。

所以他並不猶豫。強烈告誡自己，現在別去想副作用可能招來的危險。

一口飲下。

從口，舌，咽喉，胃腑，寶具瞬時沁透乙太構成的全身各個角落，立即改變他虛假的肉體。

多半是因為屬於狂戰士（Berserker）位階吧，他變成的不是生前如此服藥後的樣貌，也不是以他為樣板寫成的小說中描述的形象，而是更接近其本質的姿態。

變貌，變化，變身，自我改造。

骨骼抵磨，肌肉暴增，體格厚實，爪牙伸張如劍。

整個人逐漸擴張、變樣，黑影似的煙氣纏繞全身。

肉體劇變。

意識劇變。

變成抹除所有理性，將狂暴二字具體化的破壞慾之化身。

尋求獵物的貪念顯露在前傾的姿勢上，殺意與敵意的奔流使瞳眸放出紅光。

『■■■■■——』

決心——即使沉澱到靈魂最深處，也依然完整懷藏。

化為狂獸的狂戰士咧齒低吼。

彷彿是亟欲嗜盡人血的野獸。

卻又渴望成為保衛眾生的英雄——

同一時刻。

可以遠眺玲瓏館邸後方「森林」的公寓空房中，來野巽一手拿著二十四小時便利商店的飯糰，透過平常用來賞鳥的雙筒望遠鏡，觀望朋友（狂戰士）不知第幾次的「襲擊」。

他以捨身行動發現玲瓏館邸已成為「堪稱神殿的工坊」，是第四天的事。算上巽所不知的第一次入侵未遂，正確來說這次是第六次嘗試。最早兩次還是「入侵」，後來四次，狂戰士和巽都明確認為自己的行為是「襲擊」。

或者——

也可稱為「挑戰」。

為了打倒君臨東京的魔術師，阻止他完成「某種邪惡儀式」。

「……希望他是講道理的人。」

巽吞下一口鮭魚飯糰，輕聲低語。

房裡沒有任何暖氣設備，雖然人在室內，說話還是會呼出白煙，相當寒冷。

外套可不能脫下。這是因為，使自己暴露在寒冷中而造成「多餘」的消耗，是愚蠢至極的行為。巽現在能強烈感受到，自己的魔力正透過魔力管道，無止盡地送往狂戰士。

而魔力，是由魔術迴路轉化「生命力」而成。

帶來劇烈消耗與疲勞。

平時完全沒感覺，直到狂戰士使用寶具化為瘋狂暴風，發揮使役者真正能力那一刻起，劇烈的消耗與疲勞才席捲而來。老實說，很吃不消。感覺比全力繞全校跑一圈還累，但巽沒有怨言。他說不出口，也沒那種念頭。

他還記得昨晚的事。

狂戰士對戰劍之英靈劍兵時居下風，一定是因為自己魔術師能力太差勁的緣故。巽充其量也只能用遺傳的魔眼，沒有提供充足魔力。使役者位階高居第二的狂之英靈（狂戰士），職階戰鬥力原本應與三騎士旗鼓相當——即使是不懂魔術、不識神祕，對聖杯戰爭細節一無所知的巽，也能確實地有此推想。同時，那也是讓他感到遺憾的原因之一。

如果我是個魔術迴路更優秀的魔術師——

我的朋友就能毫不受限地發揮他的力量了。

「加油，狂戰士。今晚不用顧慮我，愛怎麼打都行。」

所以才準備了補給品（飯糰）。

他花了一大部分父母送來的本月生活費，買了各種高價能量飲料等補給品。這幾天下來，巽體會到魔力的消耗近似於體力的消耗，便準備了這麼多體力補給聖品，但其實也不曉得有沒有用。

消耗的生命力，靠能量飲料或飯糰補得回來嗎？

朋友姑且回答，不會完全沒用。

由於聽起來就等於不是完全有用，巽有點失望，不過沒有因此放棄。正因為有不願將東京當作戰場，不允許這種事發生的赤誠，來野巽才會決定竭盡一切所能。

「玲瓏館……」

看著望遠鏡另一頭的黑森林。

巽開始想像住在裡頭的人。

在杉並區中央設下堅固結界，甚至沒有外出跡象的玲瓏館當家。

他的意圖一定是——

想將這宅邸當作自己的堡壘，進行籠城戰。即使巽的日本史和世界史成績都不怎麼樣，這樣的推測還難不倒他。的確，既然他們設下朋友以宇宙空間和地核形容的高強度結界，對防守一定有相當的自信，只是在城市中央選擇籠城戰，實在令人堪慮。

扣除昨晚劍兵與狂戰士的衝突，目前還沒有同時有多名使役者參與的攻城戰。儘管如此，若有哪個魔術師使用大規模魔術，或使役者真名解放了破壞力高強的寶具——電視上時有所見，像東南亞動亂國的照片或影片那樣的淒慘畫面，就很可能也發生在這個城鎮。

絕對要防止這種事——巽打從心底祈求，自己能辦到這種事。

「昨天那個女生，今晚……應該不會再跑進森林了吧。」

巽啃著第二個飯糰。

回想藉狂戰士的「眼」見到的那名小女孩。

不知是因為與生俱來的魔眼還是某種魔術，巽能和變身中的朋友不完全地共享所見。

所以，他看見了。

昨晚那孩子嚇傻了的模樣——

在狂戰士入侵黑森林時，撞見他的那個孩子，肯定是玲瓏館家的人。她看起來就只是個小學中高年級的女生，有頭非常漂亮的黑髮，感覺乖巧伶俐，真的好可愛。巽不禁想起兒時的妹妹——不，就算沒想起也會這麼做吧。他不停拚命透過魔力管道，對與他相繫的狂戰士下令「不准殺她」。

可是，發動狂暴技能的朋友已失去理智，幾乎聽不進任何言語。

只能等待魔術迴路脆弱的巽消耗過度，無法維持變身狀態而使得寶具瀕臨解除邊緣，讓狂戰士本能性地感到危險而撤退——在這幾天當中，巽也認識到了這樣的事實，所以非動用令咒不可。然而，就在巽下定決心時，他出現了。

劍兵，武器不見形體的英靈。

他並沒有自報稱號，位階也是未知。

但巽確信他無疑就是劍兵。那名以精湛身手抵擋狂戰士，保護了黑髮女孩的使役者，絕對是最適合最高位階的真英雄。

童話故事的王子。

或是中世紀騎士傳說中的高潔騎士。

若要比喻，便是這樣的形象——

（如果是他，或許能說得通。）

巽懷起些微期待這麼想。

不，不可能的。

朋友曾嚴肅地再三警告，主人遇上敵方使役者只有死路一條，而巽也懂這是什麼道理。參加聖杯戰爭的七人七騎，基本上都有擁有「宿願」，並為了將其實現而搏命奮戰。使役者遇上敵方主人，肯定是直接就殺過來，以求在距離自身年代遙遠的二十世紀現代，實現自己的「宿願」。

即使是保護了那個女孩的劍兵，也應該不會例外。
英靈是為戰而生——憑藉強大力量。
英靈是為爭而存——無論身出何處。
這城市、這人群，都將遭受莫大的損害。
如今不僅是池袋，東京各地都有刺客「食魂」的消息傳出。
今晚也會有人死在她的手中。

——因此，阻止這一切吧。
無論這是多麼不自量力的挑戰。

狂戰士查到，玲瓏館當家是君臨東京黑暗世界的幕後主宰。
對於這個踞而不動，無疑有意將東京推入聖杯戰爭漩渦的「邪惡魔術師」，巽不管怎麼說都無法坐視不管。
該做的事就在眼前。他已經發現敵人。
為了眾人，非這麼做不可。

無論處在怎樣的劣勢，多麼拙稚、魯莽、狼狽也無妨。

使用寶具化為狂獸的狂戰士那驚人的破壞力，經過多番嘗試也仍然無法到達主邸。在遭遇應能操弄強力魔術的魔法師之前，無從得知其寶具的功效。

儘管如此。

來野巽依然毫不氣餒，持續挑戰。

今晚也苦撐著令他幾乎哀號的間歇性消耗。

今晚一定——

要以自己和朋友——狂戰士的手。

「阻止」聖杯戰爭。

阻止聖杯戰爭——

說好聽，是必須「打倒」敵人。

說得具體一點，就是「殺死」敵人。

某種程度上巽也有預感，自己會需要做這種可怕的事。

為保護東京不受毀壞。

為保護民眾不被殺害。

刺客的「食魂」事件遲遲沒有進展，擺明表示警察程度的國家權力根本不值得依靠。連續殺人事件。雖然尚未對外界公開，但根據巽和狂戰士的調查——新朋友配製了很多方變的靈藥——那確實是連續殺人。

有許多成年男性暴斃，死因不明。

死者都是和應是刺客的白衣少女進入賓館，隔天一早就會發現他的屍體，而房間鏡子上一定都會留下口紅寫的同一句話。

儘管警方怎麼就是不肯透露消息，不過「晚上十一點的死亡瑪麗（Death Mary）」已經傳遍巽就讀的高中。奇怪的是，電視上完全沒有這類八卦，公共媒體只有深夜廣播節目會聊個兩句，然後一轉眼就在年輕人之間傳開了。

據說國中小也流傳著類似的故事。

變成前陣子流行的人面犬或裂嘴女那樣的都市傳說。

「看樣子，玲瓏館家對警方施了不少壓力。」

幾天前，狂戰士這麼說過。

有關聖杯戰爭的事都被掩蓋了——無論出了多少人命。

「不確定的情報中，還有聖堂教會有所動作的傳聞。」

「教會，是用來祈禱或告解的那個教會嗎？」

「接近吧，但不是那種。」

雖然不太清楚，不過巽還是明白這個社會有他無從得知的黑暗面，而聖杯戰爭與其關係甚密，並在那種力量下運作，沒那麼容易阻止。衝去派出所或打一一〇報案之類的正常手段，不可能有任何作用。

只能以同樣的黑暗行為相抗衡。

即使需要手染鮮血。

可是——

「打倒」敵人？

「殺死」敵人？

想阻止聖杯戰爭，就只能和進行戰爭的那些人做一樣的事嗎？

巽確立自己的想法，是在喚出狂戰士的第五天。

在學校聽說某個傳聞當天，他選擇暫緩幾乎成為日課的「襲擊」玲瓏館邸，前往夜晚的東京——千代田區。確切來說，是JR秋葉原站周邊。有個喜歡電腦通訊的男同學說，秋葉原某棟住商大樓每到深夜，都會出現身纏蒼白燐光的「幽靈」。有時一個，有時兩個——

與必定會死人而廣傳的「死亡瑪麗」相比，是個微不足道的傳聞。震撼力也沒有會用口紅留言的少女殺人魔那麼大。

但巽還是到秋葉原去了。

有時一個，有時兩個。

那會不會就是使役者呢——巽有這樣的預感。

選定住商大樓後，狂戰士在樓頂等待，巽則是在地面遊盪，尋找主人的蹤跡。狂戰士告誡他，只要不使用魔術，他看起來就和普通人一樣，所以要記住，無論有任何異狀都別去看。一旦看了，敵方主人很可能就會為了隱匿神祕而奪去他的性命。

不可窺視的神祕。

不可妄知的魔術。

狂戰士說，魔術師就是那樣的生物。從刺客就能十二分地明顯看出，他們並不會都重視社會道德倫理之類的觀念，唯獨崇尚「人目所不及的」神祕學問。原來如此。只是，巽不太懂「神祕的性質，會因為廣傳而稀薄」是什麼意思。

「只要敵方主人認為你什麼都沒看見，就有可能猶豫該不該處理你，雖然這種可能只有萬分之一就是了。」

「機……機率也太低了吧？」

「這是你自己立的計畫啊，決心動搖了嗎？」

「那倒不會。」

「那就千萬『別亂看』。就像東洋武士會做的『半眼』一樣，別將焦點定在一處，要把握整體狀況，好嗎？然後，察覺到異狀的時候就叫我過去。用令咒，知道了吧？」

令咒。絕對命令權，聖杯帶來的強力魔力。

顯現在巽左肩的黑色單翼圖紋。

雖知道它只有三劃，非常寶貴，但情急時絕不能吝惜。

巽對容易擔憂的朋友點點頭，開始行動。使役者不一定會出現，其主人也不一定會在街上露面。已逾晚間七點的秋葉原，店家幾乎都拉下鐵門，大樓不見燈光。別說行人，就連車流都銳減，充斥難以想像是都心鄰近城市的濃濃寂靜與黑暗——

（……話說，這樣不僅是碰運氣，根本是玩命嘛。）

計畫內容連立案人自己都咋舌。

巽就這麼在心裡嘆著氣，漫步在夜晚的秋葉原，行人稀少的街道上。

不久——

薄弱的預感神奇地化為現實，出現在巽的眼前。

意外看見了。

縱然狂戰士再三交代不能看——話說回來，就算巽做得到「半眼」那種時代小說才見得到的特技，為什麼他會想到那種事？難道他以為武士之國的每個男人都辦得到那種伎倆嗎？搞不懂。雖然不懂，事情已經來不及了。他看見了。不，正確而言應該是——

「發現」了。

停在路邊的轎車駕駛座，有個開著窗仰望天空的年輕女性。就是她——巽很確定幸運女神對他微笑了，肯定是比她還早發現——

（成功了！我快了一步！）

精神為之一振。

現在想來，那真是愚蠢的行動，簡直蠢得可以。

當然，事後朋友大發雷霆，被他訓了好一陣子。因為巽沒有遵守他的囑咐，擅自展開行動。

「……！」

他將意識集中在自己的「右眼」。

發動魔眼——這幾天練習下來，發動時間已縮至兩秒。感到魔力急劇消耗的同時，巽緊盯那名女性。這比使用寶具好多了。視線。感觸。中了。狂戰士教導魔眼的發動和使用機制

時提到的，對象生物的自發性抵抗似乎是失敗了，也就是魔眼順利奏效。對方的一切動作都會「停止」。

巽奔向應該動彈不得的女性。

隔著開啟的車窗，抓住她的右手。

感覺比想像中瘦弱多了。

沒有反應，沒有動作。她不能動了。

接著——

（怎麼辦啊，巽？來野巽！你現在要做什麼？）

——自己該做什麼呢？怎麼做才對？這個狀況，這個狀態——

魔眼的效果，就只是暫時停止生物的動作。

效果應該是很強，但不是決定性的「攻擊能力」。換言之，自己的魔眼傷不了——殺不了任何人。

武器——沒這種東西。即使新朋友再三交代，一定要找個武器。

空手——魔眼持續時間不長，自己也沒練多久空手道，辦不到。

而且更重要的是——

最主要的是——

——殺人這種事，我根本「做不到」！

既然如此。

那這是在做什麼？

動用魔眼，停止她的動作，這麼接近應該是敵人的人。

朋友曾解釋過，英靈和魔術師比持有槍枝或炸彈的人類還要危險，而他自己也一樣。說起來，現在就像是在戰場上赤手空拳抓住敵兵的手。說成觸摸武器的末端會比較正確嗎？

自己正在做一件蠢事。

怎麼辦啊，來野巽？你接下來要怎麼辦？

——巽得出了答案……伴著決心。

大概，應該是吧。

自信和根據雖然薄弱到非常不可靠，不敢斷定。

可是從一開始，這天決定來到秋葉原時——

他就已經想這麼做了。

所以巽才會在秋葉原的夜路上，在這一剎那，在這魯莽的獨斷行動賭上一切。絕不會錯。

「妳聽我說……」

輕聲而鎮定。

想著外婆的教誨，巽——對女性開口說話了：

「……我想阻止聖杯戰爭。」

關於聖杯戰爭的營運。

不用說，聖杯戰爭當然就是以聖堂教會帶來的大小聖杯為中心舉行的魔術儀式。

當教會提出「要求」，魔術協會便會順應。

但是，聖杯戰爭的營運權絕不是在教會之下。

教會雖會派遣監察者，但那就只是監察，務必別與營運者混淆。

萬一聖杯戰爭還會有第二第三次，說不定——

聖堂教會和魔術協會將召開會議，討論聖杯戰爭的營運權究竟是歸誰所有。但至少在這場史上第一次儀式，在這東京舉行的聖杯戰爭中，沒有明確的營運者。

七人七騎相互廝殺。

爭奪聖杯。

這就是聖杯戰爭的全貌。

本質上，教會和協會都只不過是這場魔術儀式的助理。

隱匿神祕對魔術師而言是絕對的鐵則。不過聖杯戰爭中，從一開始就沒有制定更進一步的細則。

總之就是——

相殺相奪，直至最後一人一騎。

要知道，任何人都不可能阻止聖杯戰爭的「進行」。

（摘自某冊陳舊筆記）

恐怕是這樣。

狂戰士是打算殺死玲瓏館的當家。

新朋友來到後的第七天夜裡，來野巽感受著自身魔力經由魔力管道無止盡地消耗，同時——如此稍作思考。朋友將寶具真名解放而變為戰鬥姿態後，即使集各種結界的妨礙於一身，也以前所未有的速度在黑森林中進擊。巽知道，他虛假的肉體正不停受創，也知道他毫不灰心、退縮，只管向前邁進的決心。

沒有盲目闖出森林，是因為他變身前的決心吧。

好驚人的意志力。巽心想。

然而，就只有這麼多了。

巽已經明白，使用狂暴技能絕對會喪失理性，不能奢望更多的例外。這幾天的經驗是這麼告訴他的。

正因為如此，他才能解讀狂戰士的意圖。

失去理性化為狂獸的他只知道追求破壞與殺戮，即使有鋼鐵意志約束，也頂多只能鎖定方向而已。在此狀況中，他的目標是玲瓏館主邸。只要一味前進，將路上一切破壞殆盡，連同主邸粉碎當家，作戰就成功了。巽認為，狂戰士一定是這麼想的。

那就是最好的方法。

那就是最佳的手段。

無論是從狂戰士這樣一個使役者的特性，還是他和巽的條件來看，都不可能有其他可期的發展。

儘管如此。

（——我還是不想殺人。你懂吧，傑奇？）

巽默唸著朋友的第二個名字，忍耐魔力消耗的感覺。

並嘗試對話。

沒錯，來野巽明確地思考著。和秋葉原那晚一樣。

新朋友教師似的囑咐，要把魔術師或英靈當作會思考的武器或怪物，而巽也有某種程度的認同。只要透過他的「眼」目睹幾次使役者之間的戰鬥，就知道這句話具有鐵一般的正當性。令人不敢相信會發生在現實的力量將激出驚心動魄的火花，巽人生中看過的任何動漫畫都無法比擬。

若要打個比方──

對，和戰場紀錄片很接近。

畫面中不是英雄的超人英姿與風采，而是令人感到死亡在即的「某種」恐怖。

無論是幾十年前的大戰、近年中東爆發的戰爭，還是東南亞國家動亂的紀錄片，無一例外。不管是記錄或記述，影像或聲音，全都不例外。

巽並不是從以前就對這類戰場紀錄有此感慨，反倒是經歷了這幾天才明白的。對於持槍士兵或武器，雖然會有種與兒時天天在看的電視英雄相同的英氣。但除此之外，還有一種漠然的迷濛，而那正是這畫面的感覺。

死亡──奪取生命的現象。

與有無覺悟或決心完全無關，無情摧殘其途徑上任何人的力量。

「我不想這樣……我……」

他不可能聽見。

朋友，已化作瘋狂的凶獸。

「不想指使你殺任何人。你也懂吧，傑奇？玲瓏館當家……說不定真的是一個壞人，還隱瞞了那些命案，可是我們還是不確定他到底是怎樣的人，再說……」

即使以傳心術直接與意識對話，如今對方的意識一片空白，說什麼也聽不見。

「你想把玲瓏館的房子……整個毀掉對不對？如果那樣，那孩子……」

昨晚，朋友差點殺死的黑髮女孩。

正因為她是由於劍兵的存在，才能毫髮無傷地得救。倘若那蒼銀騎士沒有出手，朋友的鉤爪說不定早已將她開腸破肚。從原先的行動猜想，朋友變異的成獸狀的嘴，也可能將她的頭顱一口咬碎，且機率非常高。

巽無法忍受這種事。

不僅是殺害小女孩。

也不願因為自己來不及阻止，而使得盼望正義（狂戰士）的朋友做出那種事。

「……殺小孩的人，哪有正義可言呢，傑奇？」

其實應該先談談的。

在執行第六次「襲擊」之前。

可是談了也沒用。對他這般溫文儒雅，說話理性得與其狂戰士之名難以畫上等號的人，擁有豐富知識與經驗的人，巽一點都不認為只是個高中生的自己說得動他，所以才下此決定——一個煎熬的決定。

計畫不變，照樣「襲擊」。

只是他暗中決定，要在朋友殺害玲瓏館當家之前——使用令咒。

用這個絕對命令權，阻止狂戰士的爪牙。

（如果他衝得到當家那裡……應該已經打倒魔法師，森林的結界就沒了吧。所以我要趕快下樓跑過去……趁當家在狂戰士面前發抖的時候和他溝通。然後……）

這如意算盤打得真是過分。

那是當然。

因為那是建立在每件事都對巽和狂戰士有利的狀況下。

需要劍兵不像昨晚那樣來干擾，在新宿走動的那天深夜遭遇的絕美槍之英靈（槍兵）、在秋葉原攻擊狂戰士的弓兵，還有不曾見過的騎兵都不插手，君臨黑森林的魔法師也乖乖被狂戰士打倒才能實現的事。一切都只順巽一人的意，簡直是痴人說夢。

很天真嗎？

巽也覺得很天真，天真過頭了。可是——

「……秋葉原那個女人，多少有聽進我的話……我覺得她有。」

透過傳心術，他一句句地說。

即使化為暴風肆虐的朋友聽不見，也不停地說。

爾後，吐出一口白白的氣。

不覺得冷，是因為全身都是汗。狂戰士的活動在這一刻也仍急劇消耗著他的魔力。朋友終於深入到黑森林中段，巽感到比全速衝刺幾公里更重的疲勞。能量飲料都灌了五瓶，現在卻連啃飯糰的力氣也不剩。頭有點暈。啊啊……巽深切地感到，再繼續下去，稍有差遲真的會危及性命。

挪動右手，碰觸左肩。

令咒……該在這時候用了嗎？只要留下一劃，就有辦法在最後的最後「阻止」他，用掉兩劃也應該無妨。朋友曾經強烈要求，一定要留下一劃來防範緊急狀況，不過今晚是關鍵時刻。既然劍兵在昨晚現身，已經可以將玲瓏館邸視為聖杯戰爭的戰場。

「你要用……令咒嗎？」

房裡有人聲響起。

好美的聲音。

除巽以外不該有任何人的空房裡，此刻傳出應是同年女性的聲音。

「咦……」

她說什麼？她問我什麼？

聲音。言語。澄淨美麗的聲音。不對。令咒——她是這麼說的。她問我是不是要用令咒。就是這樣沒錯！

巽立刻轉身。

或許是因為頭暈的關係，這用力一轉，使得太陽穴深處一陣劇痛。

別在意。這點痛和新朋友在黑森林不斷承受的連鎖致命魔術相比，根本不值一提。巽從小就是比較不怕痛的人。不過這是和小時候的妹妹跟要好的同學相比，不能說是什麼高人一等的長處。

「……你在做什麼？」

聲音再度響起。

女孩的聲音。

沒錯，絕對是女孩子——

眼前就是個少女。身穿在這種季節顯得太單薄，剪裁貼身的白色連身裙。和聲音的感覺一樣，年紀與巽相仿，或許再小個幾歲。會是錯覺嗎，總覺得特別嫵媚？

明明穿著整齊。

卻彷若只穿內衣，單薄脆弱。

裸露的雙肩、鎖骨，修長的大腿——水潤的褐色肌膚。

不自覺地，視線被她吸了過去。

（我……我在想什麼啊！）

反應慢了。

一時間不知所措，腦袋一團亂。

快想……快想起來。她問什麼？她應該說過某個很重要的詞。只是幾秒前的事，巽卻想不起來，警覺不來。他沒注意到，衣服底下汗流浹背的身體、思緒，不只是劇烈消耗魔力而疲憊非常，還被「某種東西」逐漸侵蝕。緩慢瀰漫這房間的那東西，幾乎沒有魔術的感覺，也沒有魔力的痕跡，恐怕就連一流魔術師也不會察覺。

換作常人，早在這一刻就淪陷了吧。

少女的姿色，肌膚的光彩，光是站著不動就足以勾走男人的魂魄。

所以，巽還能說出下一句話，已經是某種奇蹟。

也許是因為魔力消耗超過負荷，或是其血脈繼承的魔術迴路在這種極限狀態下引發了某種魔術。無論如何，結果都一樣。

「沒……沒什麼，這是因為——」

霎時間。

巽以自己的「常識」做出判斷。

也就是，猜測這個安靜無聲地現身的少女，可能「只是人類」。

說不定是隔壁房的人。原本應該沒人才對，可能在巽不注意時回到家，聽見巽開著窗自言自語的聲音才來查看。

那麼，很不巧地，自己這副模樣一定很可疑。

巽甚至覺得對不起她。

在空房間裡，一個陌生男子拿望遠鏡對著窗外。

完全是變態或罪犯的模樣，或兩者皆是。不對，不是那樣。我有正當目的，需要這樣子做才行，完全沒有做任何妳想像的事——巽試圖像這樣解釋。有時舌頭打結，話說得吞吞吐吐，巽判斷那應該是緊張的緣故。判斷——就連自己為何要做這種判斷都不清楚。

在一片混亂的狀況下，巽努力對少女解釋。

拚命。

急切。

忍耐著魔力消耗，和某種東西的「介入」。

「所……所以……所以，妳不要在這裡比較好。」

因為不曉得會發生什麼事。

有人會找我麻煩，這裡很危險。可以的話，最好是到朋友家暫時避一避。

巽費盡唇舌試圖解釋——請妳當作沒看到，先回去吧，盡可能離隔壁房間遠一點。現在很危險，說不定會有超乎人類所能理解的怪物跑過來。只要對方發現我在這裡，一定會立刻過來的。

「……」

少女輕聲微笑。

太好了，她懂了。

「你是……『主人』吧？」

戰慄，寒慄，恐懼。

巽倉促地嘗試以「右眼」控制她的行動，但沒有效果。是因為魔力耗盡，力量不夠強嗎？不對，不對。即使殘量微薄，巽仍能感到魔術迴路正常運作，「右眼」也正試圖達成它魔眼的功能。就只是，對眼前這名少女沒用而已。在秋葉原晚間束縛了女魔術師的力量，被這名少女抵抗了。就這麼簡單。

「……使役者！」

朋友一再重複的話，如今又在腦中復甦。

秋葉原那晚之後，他每天都會耳提面命好幾次。

必須避開危險。魔術師是敵人，使役者也是，而人類面對後者毫無勝算。一旦遇上了，陷入真正的「緊急狀況」，你那種魔眼沒有任何用處，一定要用掉一劃令咒叫我過去，絕對不能猶豫。

用令咒進行類似瞬間移動的召喚，就能超越距離和時間的限制——

「別過來。」

不可以，不要靠近我。

「別過來。」

不可以，不要再過來了。

「不要逼我用令咒。如果用了……！

我的朋友馬上就會過來……然後我的朋友……！一定會殺了妳！」

少女已近在眼前。

她褐色的肢體一把就擁抱了巽。流暢而柔軟，彷彿要將他擁入懷裡。

臉好近。好可愛的女孩……也許該說美麗，抑或兩者皆是。

才剛想她的鼻息是不是會吹在自己臉上，她的唇——

「幸好你是個好人。」

溫柔，憐愛地。

少女的唇，吻了上來。

幾乎同時，有種撩人的東西在口腔裡蠢動。

接著是——融化他背脊到腦髓的一切，快速飛竄的殘忍陶醉。

炙熱，甘甜。

或該稱為，影之英靈（刺客）的寶具帶來的死亡吹息（Poison Breath）。

「————」

最後一刻，浮現在來野巽腦海裡的並不多。

無非是幾張側臉。

新朋友、妹妹、父母、三天只會對他笑一次，總是偷偷想著總有一天一定要向她告白的鄰座女同學。

以及——

不曉得為什麼。

在杉並住宅區只看過一眼的，「小學女孩」。

那張具有澄澈眼眸，反映陽光閃閃發亮的側臉。

Beautiful Mind ACT-4

一九九一年二月某天。

奧多摩深山地下，由重重結界守護的大規模魔術工坊。

宛如迷宮的工坊。

這是集結多達二位數的魔術師傾力打造的「守護」要塞，即使是英靈程度的強力神祕也難以入侵。就算想用魔術一層層破解結界，魔術陷阱早已在施術的期間抹殺那愚蠢的術士。物理防禦方面，工坊內的天花板和牆壁也裝設了無數機槍座，準備粉碎所有入侵者。

固若金湯。

用上魔術、槍砲和電子儀器的不落要塞。

彷彿是掌管這工坊的「氏族」，對聖杯戰爭所採戰略的體現。

相形之下，其運用神祕的手腕終究不如現界的魔法師所築起的「神殿」高明，空間不至於化為異界，也沒能設置地核高熱或宇宙真空那般轟轟烈烈的陷阱。儘管難以消滅左右聖杯戰爭的使役者，但在阻擋外人入侵這點上並不遜色。無論對方是人類的軍隊、魔術師集團還是英靈都一樣。

這一切，都是用來守護參加聖杯戰爭的一族之長。

而他，就是在魔術工坊最深處的陰暗廳室中，鎮坐於有如古王「寶座」的華椅，企圖奪得聖杯的蒙面老翁——伊勢三宗族族長伊勢三玄莉。為了保護他，工坊布置了所有可能使用的武裝。

「把聖杯搶下來。」

陰暗中，玄莉老翁的聲音隔著面具響起。

其中含帶經過深深積壓的情感。

惱怒？憤慨？也許是自尊的表現。

伊勢三一族雖與現代社會達成某種程度的「共生」，獲得長足興旺與發展，但魔術師家門的聲望卻遠遜於其他家系。尤其是不僅叱咤關東，更有遠東最高名門之稱的玲瓏館家——且事實上，伊勢三之名在魔術家系中還逐年下墜。以遙遠英國的「鐘塔」為中心的魔術學會，甚至侮辱他們是落後家系，唯一認同的就只有譽為遠東第一名門的玲瓏館家，這教人怎麼也嚥不下這口氣。說起來，伊勢三一族的歷史之久遠，其他家系根本望塵莫及，怎能被短短幾世紀前才來到這片土地的西洋魔術家系像這樣踩在頭上？

「……如果再讓聖杯這萬能的願望機落入玲瓏館家手中，我伊勢三之名就真的要掃地了。豈有此理，我絕不允許這種事發生。」

接連響起的聲音，震顫面具。

不具表情的面具，象徵著現在的伊勢三一族。

為了填補血脈交疊而衰退的魔術迴路，他打造了這個禮裝——具有奪取他人魔力，轉化給配戴者的能力。那是伊勢三一族擷取數百年前來到日本的西洋魔術一小部分，與「現代科學」融合而成的獨門技術。他們利用分布在東京各地，自己所營運的綜合醫院吸取住院患者的生命力，在這個剛成功召喚極為強大的使役者的當下，也不斷補給其現界所需。

魔力來自生命力。若無止境地強取豪奪，勢必會鬧出人命。

但玄莉老翁管不了這麼多。

無論害死多少無辜民眾也不介意，身為魔術中人卻妄用等同禁忌的科學力量，才是他真正後悔的事。此時此刻有多少人為生命受侵蝕而受苦，他根本不屑一顧，只憂心著自己非得以接觸禁忌來延續族人命脈的無力狀況。

對於尊崇遠古魔術的魔術師血族而言，科學之類的詞——

光是提起都教人作嘔。

但現在非忍不可，非繼續奮戰不可。

「一定要把藏在東京的聖杯搶下來。到時候，失去古傳的『伊勢之巳(蛇)』恩寵，接觸西洋魔術，甚至貪婪地染指科學的我族罪孽才能洗清——」

絕對得藉此機會成就魔術師千年大願，讓他們看看伊勢三一族不僅是遠東之首，更是天下第一的家系。替背負「對科學下手的魔術師之恥」汙名，甚至被譏為弱小泡沫化家系的伊勢三一族奪回光耀和榮譽。

威嚴地，老翁繼續說道：

「所以我在此下令。由我儀式喚來此地的英靈啊，你無論如何都要奪得聖杯。」

話中每一個字，都深藏著其氏族的悔恨及悲願。

然而——

「簡直小器透頂，真無趣。」

他卻丟下這麼一句話。

猶如來自天庭，莊嚴絕對的宣告。

彷若直出冥府，冷酷無情的唾棄。

那是兀立在玄莉老翁視線彼端，一身眩目王者霸氣——擁有太陽之瞳的男子道出的聲音。若說汙衊，是有些許不同。在這名褐膚白衣的男子，以黃金為飾的人物眼中，任何人都不能與之比鄰，全都是一介「子民」。

即使面對座椅形如王座的蒙面老翁也毫無改變。

「真是愚蠢，而且——對，可笑無比。」

叱罵之餘，男子——

如今降臨於世的騎之英靈（騎兵）短暫思考。

無論時代如何變遷，總有些不變的事物。

千萬子民當中，難免有些愚蠢至極之徒。

即使過了幾千年，遍布大地的人們恐怕還是沒有什麼改變。

現存的，僅只連他都難以約束的狹小器度。有著光輝可言，值得一看的東西則是一個也沒有。

無論庶民、兵將，甚至不在法老之位卻膽敢統治人民的諸國小王，也沒有多大差異。

正因如此——

人的凡俗之舉，並不會勾起他這名法老的怒火。

可是。啊啊，可是——

只要人不自量力觸犯天威，那麼他身為太陽、人神，與阿蒙及穆特並列之尊，就有必要對渺小的凡人降下刑罰。而刑罰，就是死。

對他這個人間之神不敬不遜的人，全都罪該萬死。

「極東之地的魔術師，你在召喚余之際用了某種觸媒吧？從實招來，你用的是什麼觸媒？是余與西臺王決戰時用的弓矢或戰車殘片，與西臺締約的碑文，還是向天借膽，搶了余的木乃伊？」

他列舉的一切，都是歷史古老而蘊藏大量神祕的物品。

尤其是目前所知世界最古老合約——由兩大國王親自擬定的「和平條約」；或盼望呼喚神界與現世合一的人間之神，尊為法老之人的遺骸，都富有深不可測的巨大力量，魔術師無不垂涎。

對於男子近似斥責和非議的言論，玄莉老翁臉上因為面具看不見表情。

這老翁只是搖頭而已。

在奧多摩深山地下喚出騎兵所用的觸媒，當然都不是那些神祕。

他可是充滿神祕的古埃及最大英靈，能讓他以聖杯戰爭使役者身分現世的觸媒，就只有與其寵妃相關的遺物。

「……偉大的法老啊，您猜得沒錯。我們召喚你的觸媒是娜芙塔莉最後配戴的首飾。」

「是嗎……」

沉默過後——

「哈哈！你對余調查得可真是仔細！的確沒錯，不會是余自身的東西。能將余引來的，肯定是受余之太陽永遠照耀的美麗娜芙塔莉的香氣！」

哈哈大笑——

轉瞬間，男子雙眸放出尖銳光輝。

極度龐大的殺意視線直轟寶座。

同時迸發萬丈光芒，只有船頭顯限於地下空間的太陽船(Mesektet)——貨真價實的寶具尖端放射熾熱閃光(Uraeus)，不廢吹灰之力地瞬時刨除玄莉老翁寶座周圍的空間。

造成劇烈光線與爆裂聲。

召喚強大英靈前設下的四重魔術結界，儼然不具意義。

結界應聲崩潰，隔開老翁與騎兵的透明防彈玻璃灰飛煙滅，施了魔術防禦的厚牆也連同鋼鐵外殼粉碎殆盡。儘管這地下工坊也是為預防東西冷戰爆發核子衝突而設計的避難所，但只要太陽船發揮其正真威力，肯定是不堪一擊。

跌落寶座的老翁，只能呆愣地看著。

看那一步步走來他面前的——光耀之人。

看那化作人「形」的絕對死亡——盛怒之王。

老人能保住性命，不是因為族中魔術師設下的結界防禦奏效，也不是幸運造成的巧合。

不過是騎兵認為直接消滅他不足為罰，玄莉老翁才撿回一條命。

「凡夫俗子。」

冰冷，卻又滿盈光輝。

騎兵對他怒叱：

「既然有膽玷汙余最愛妃子的陵寢，想必你也知道自己會有怎樣的下場吧？給你兩個選擇：餵神獸的肚子，或是讓全族陪你消失在這地表之上……對了，可別妄想使用令咒。遠在你下令之前，余之神光就會將這裡燒成灰燼。」

「你……你要……放棄對聖杯許願的機會嗎……！」

「與其受不敬之徒指使，余『寧願』除之而後快。快，做出你的決定。」

二選一。兩條路最後都是死。

避無可避的賜死宣告

承受著透過物理衝擊般的視線滾滾而來的殺意洪流——不，玄莉老翁根本無法承受，在三秒內就昏厥了兩次。面對殺意與暴威的恐懼，那脆弱的模樣是如此滑稽，如此愚劣，如此無力。但在這樣的狀況下，恐怕也怪不得他。生來便不具王性的人，一個區區的魔術師，絕對抵擋不了騎兵所放射的王者之風。

儘管如此——

老翁那個賦予他魔力的禮裝的自動功能還是讓他甦醒了兩次。陷入第三次昏厥之前，他自己用魔術保住了意識。

「哦？以魔術師來說，你還挺有骨氣的。是打算保持清醒，仔細品嘗死亡的滋味嗎？」

「……不。」

急喘之餘，玄莉老翁簡短表述。

不是請求原諒他的不敬。

他已經作好受死的準備。

以成就全魔術師之大願。

彰顯伊勢三一族之權勢。

因為有此渴望，才會斗膽召喚既如蒙圖亦如阿蒙的神王——

「這樣啊……」

騎兵從聽了老翁的話到回答，僅有短短兩秒。

堪稱伊勢三一族僥倖至極的兩秒時間。

稍露考慮之色後，光輝之人使飄在空中的寶具太陽船憑空消失。接著大動作一甩白篷，以冷冰的低垂視線射穿面具，直視面孔緊繃的伊勢三玄莉雙眼，高聲宣告：

「余乃光輝，余乃蒼天，余寬大為懷。

你的小命，余就暫且留下。余要親眼看看，你的野心、你的渴望，究竟夠不夠格作余的主人，你那個氏族有沒有存在的價值。」

——但是，只要余覺得乏味。

——余之光輝就要把你和你全族上下燒得屍骨無存。

關於聖杯戰爭中的籠城戰。

這裡的籠城，指的是魔術師（主人）鎮守工坊，完全不對外露面的戰略。由於英靈（使役者）力量甚為強大，深居工坊不出而避開會戰自有其道理可言。

即使使役者贏得再怎麼漂亮，主人死了也沒用。

保障自身生命安全，確實是首要之務。

然而，除魔法師位階外的使役者，都不適合籠城戰。

一旦工坊的位置曝光，敵營很快就會蜂湧而至。

若非神殿級的強力工坊，恐怕撐不到最後。

再者，想單憑英靈在外作戰，期望他在沒有魔術師的魔術奧援或令咒強化下戰勝其他使役者，擊潰敵方陣營——雖並非不可能，但在本質上就處於不利了。

即使能藉寶具贏得一勝。

往後，在寶具資訊及英靈性質洩漏的情況下繼續隻身過關斬將，風險將大幅增加。

就以上事實而言。

籠城戰是唯獨適合魔法師陣營的戰略。

唯一的例外——

就是召喚出的使役者「極度強大」的狀況。

例如不一定需要魔術師輔助，便能同時以一敵多，戰力也毫不受影響的大英雄。就算寶具資訊眾所皆知，也能以壓倒性威力粉碎敵人。

那麼魔術師自然大可將自己關在工坊裡保命，將戰鬥全部交給英靈——這樣的戰略感覺也頗為現實。

（摘自某冊陳舊筆記）

那的確是個宛如迷宮的地下工坊。

燈光意外地充足，讓鋼筋水泥構築的地下空間有絕大部分看不到黑暗，或許只有剛才的召喚室堪稱暗處吧。就這點上，印象勉強還算好。對騎兵而言，光輝乃不可或缺之物。萬一他也將這地下工坊定為自己的「基地」，裡頭要是到處暗得像黑夜，未免太不搭調。

「可是燈都這麼亮了，怎麼還弄成這副德性？」

死氣沉沉的建築物，令人聯想到墓穴內部。

換作他那時代的法老或許還會美言幾句，但在他眼裡就只會造成反效果。

生前，他對自己的王陵並不特別重視。

他希冀天上與人間合而為一，自定義法老為永遠君臨天地的神，對王陵這類「死後的家」不關心也沒興趣，還感到某方面的厭惡——

「就像故意想惹余不高興一樣。」

明亮是很好。

但刻意自縛在墓穴般的地方，實在教人渾身不自在。

然而君王一言九鼎，既然說過要親眼評斷再說，若一個不順眼就把這裡毀滅殆盡便是食言了。身為人間之神（法老），待人自然得公正嚴明，所以騎兵耐著性子給他多寬限一點時間，在地下工坊內走動。

路上經過的人並不多，而這些地下工坊裡的伊勢三族人，全都穿著多見於這二十世紀學者或醫師的白袍。聖杯所賦予的「基本知識」雖包含現代社會的面貌，但沒有告訴他魔術師這些追求體現神祕的人，竟也會穿著修習文明尖端知識的學者或醫師的服裝。無論用乙太構成的虛假頭腦怎麼想，都想不到相關的隻字片語。

「——哼。」

騎兵看著第十二個人向他恭敬鞠躬，稍側著首打量第七個大房間。

原來如此——

他懷著幾分信服點點頭。

各種大型計算器(Computer)塞滿了他窺視的房間。

不是以鍊金術之流建構的儀式器材或禮裝，完完全全是現代文明造就的機械。根據他自動獲得的知識，那幾個吱吱喳喳地運轉的大型磁帶型記錄媒體，應是所謂的超級電腦。

其他房間也大同小異，有些還有怎麼看都是以現代機械組成的人造人培養槽。

「面具老頭說得沒錯呢。」

看來這支氏族的確是魔術師中極為稀有的一群，與現代科學的適應性相當高，或者說——他們就是企圖以魔術師原本避諱的現代科學，提昇如今已看不出進步空間的術理。

這也是十分可笑。

嘗試融合現代科學與魔術，並成功實現——

說起來是很好聽，但在騎兵的觀點卻只有悲哀可言。兩者豈有可能融合，這根本只是欲以機械彌補神祕的不足，反而使得神祕更為「瓦解」，卻又繼續以機械彌補的「惡性循環」罷了。

「真醜陋。」

他本來就不認為魔術師有哪裡稱得上美。

這種人在他生前就已經存在。也有臣子懂得使用魔術，但絕大多數都是存於世間卻背世而活的一群棄世之人。就連必須對法老五體投地的百姓覺得理所當然的技能都不懂，分不清是非黑白的愚者，在那些人之中並不少見。當然，古埃及的魔術師血脈不一定能流傳到現代，但即使經過再長時間，那些人的習性恐怕也不會有多大改變。

而在這樣的前提上，伊勢三一族的模樣還是令人感到特別醜陋。

在滅亡前不斷做些無濟於事的掙扎，簡直——

就像是臨死之際「悲嘆死亡的自己」。

「燒了吧。」

就在騎兵跟從自己的呢喃，想實際行動的一刻——

他踏進了某個房間。

白色的房間。在整個被白得過頭的現代螢光燈照得通亮的地下工坊中，也顯得充滿強光。騎兵稍微瞇起眼仔細觀察房間內容。

明明才剛煩躁地打算燒個精光。

卻有個東西吸引了他的目光，使他將前一秒的念頭和情緒都擺到了一邊。

他眼中注目的——

是一個躺在床上，矮小的人。

身上插滿管線，與大小機械相連的幼童。

該不會是受了虐待吧？騎兵只瞥一眼，就看出他大半身體都有殘缺。不僅四肢，還包含內臟。他看向堆積在機械裝置中的紀錄器，檢視它們的資訊。看來，這孩子是生來就飽受病魔削蝕。

年齡難以辨識。

四或五歲吧？看他這副慘狀，很難想像他的身體還能正常成長，實際年齡和外表是否相符很令人懷疑。話說回來，在幾個主要臟器幾乎沒有作用的情況下還能存活，已經很不可思議了。看得出來，他是靠伊勢三一族胡亂湊合魔術與科學的技術才勉強保住了性命。

很不幸地，他應該也擁有魔術迴路。

以這樣代代凋零的魔術家系而言，一旦從父母繼承了魔術迴路，父母就會不計一切代價讓他們活下去，以繼續傳承魔術迴路。縱使病魔在他每次心跳，每次呼吸都以難以承受的痛苦折磨這幼小的身軀。

「…………」

騎兵注視男孩的眼。

男孩也睜開眼睛，以色素淺薄的眼眸回望太陽的光輝。

沒有說話。

然而說也奇怪，騎兵不覺得不敬。

「你叫什麼名字？」

他沒回答。

只有痛苦的幼小呼吸聲，穿過塑膠呼吸導管響起。

騎兵有些不悅，但沒有處罰之類的意思。若紀錄器的資料正確，男孩在這一刻也承受著莫大的負擔。雖不知那是苦還是痛，仍能看得出肯定很不好受。

因此，騎兵對他感興趣了。

受病魔摧殘這麼深的人，心裡究竟在想些什麼？

「余是偉大的法老。只要你臣服余，有願望想向余這片天祈求，余也願意聽聽你的願望，賞你一點慈悲。」

輕輕地，騎兵對男孩這麼說。

意思是，只要他願意，現在就能結束他的性命。

當然，騎兵不認為死了就能安寧，不過——

「……我有……一個……願望。」

顫抖的聲音，透過呼吸器響起：

「希望世界上……」

虛弱到難以置信的聲音。

「每個人，都可以……很幸福……」

「什麼？」

男孩的話使騎兵懷疑起自己的耳朵。

同時，他對深懷致死病魔卻仍奮力說話的孩子有種特別的感覺。

是氣息。不是魔術師特有的氣息。會是魔力、魔術迴路或魔術刻印嗎？不，那不是來自實際存在的器官或力量等類，是一種不明確、更難辨識，卻又是騎兵比什麼都更能明確感受到的東西。

王者風範？不。

戰士氣質？不。

魔術才能？不。絕不是那麼卑賤的東西！

這感覺，這氣息，這份高潔。

以及……啊啊，就在剛才他說的話——

那是很久很久以前的往事了。

當然，遠在以英靈身分被召喚到這二十世紀現代以前。

還擁有實際肉體靈魂（註：古埃及將靈魂視作於人體中的小人，稱作Ka。）時，與父親賽提並立法老之列前幾年的事。以少年之身成為太子而獲地神蓋布寶座，受任在歐西里斯神復活之地建造阿拜多斯神殿，在努比亞擔任攝政王以累積政治經驗的那時候。

在清澈的尼羅大河畔。

余暫時忘卻軍政之務，與此生最愛的兩人相視微笑。

「不知道我們三個有多久沒這樣聚一聚了呢。」

靦腆笑著這麼說的，是余最疼愛的少女。

將在數年後迎作王妃的美麗女孩娜芙塔莉。

也是擁有四妃六嬪，數百愛妾，生下眾多子女的余人生中真正最愛，敬愛不渝的對象。

天下最美麗，無疑最完美的女人。

余如今仍能猶在眼前似的憶起她楚楚可憐的模樣，簡直是女神下凡。

她婀娜的舞姿與的美妙的歌聲，肯定是戀愛女神哈索爾在人間的化身——

穩重、可愛，且心地善良。

余還記得，自己知道她與埃及頭號宿敵西臺國的王妃蒲杜海芭有文字往來時，嚇了一大跳；也記得她說，她和蒲杜海芭都很高興兩國可以簽下和平條約。她不僅表現足以踏上戰場般的勇氣，同時也滿懷慈愛，甚至以花朵般的心地照亮了大地。

「很高興見到你們都平安無恙。能再一次一起聊聊天，我也覺得很幸福。」

接下來。

輕聲說話的男性，是余最愛的朋友。

這名少年是余美麗且慈悲為懷的母后從尼羅河畔拾回的納爾納人，從小和他一起長大。是舉世無雙，才能與人格都與及將成為法老統治人間的余並駕齊驅的兄弟。

和余的褐色肌膚不同，擁有納爾納人特有的白膚。

若不是棄兒，是由母后所產，若非有著如此白皙的肌膚，賽提王無疑會將太子的地神寶座交給這位兄弟。余或許會多少有點嫉妒，但也會決心成為一個戰績彪炳的將軍，輔佐他這位兄弟吧。

余就是這麼愛這位兄弟，甚至能打從心底這麼想。

「但願天下百姓都能過著幸福的日子。」

這句話，就像是這位少年兄弟的口頭禪一樣。

即使在那天也是如此。

三人為重逢高興時，少年是這麼說的。

「希望和平降臨人間。天上諸神、法老，以及納爾納人信奉的神祇，一定也有同樣的願望吧。」

「哦？你不是法老，也懂法老和眾神的心嗎？」

而余是如此回答這為愛幻想的兄弟。

即使每個人都說他比誰都更賢明，事實上余卻十分明白這位兄弟的見識比自己更長。因此，即使語氣有些揶揄，余並沒有任何惡意。「既然你那樣說，事情或許真是那樣」的想法至少也占了一半。

「不要那樣挖苦人家嘛，拉美斯。」娜芙塔莉微笑著說。

「妳說什麼，這種話哪算得上挖苦呢？」說對了，至少有一半。

「次任法老無疑就是你啊，拉美斯。即將與諸神——不，甚至與阿蒙神並列的你，一定會成為歷代法老中最偉大的一個……你這個法老的心思，我當然多少懂一些。」

「原來是這樣啊。」

這麼說之後，啊啊，余也微笑了。

的確。余的知己除了娜芙塔莉之外，就只有你一個了。

而這位與余為兄弟的少年這麼說——

再過不久，埃及王國就會有個偉大的法老。

要為這片大地的所有人帶來安寧、和平與喜樂，還有幸福。

「如果是你，一定也能給鐵劍之民（Hittite）帶來幸福。」

「太奢望了吧。如果是打仗，余倒還有自信……」

「你可以的。因為是你，我才敢這麼說。要記住，你一定會為眾生帶來幸福，成為眾人崇愛的萬王之王。」

「你還不曉得戰爭的可怕，所以才敢這樣說。」

「不對喔，拉美斯。說也奇怪，我也有同樣的看法。」

「娜芙塔莉，連妳也開始幻想啦？你們兩個究竟把余當成什麼了？」

「你就是你啊。」少女又微笑了。

「對啊，因為你就是你，我才會那麼說。」少年也同樣微笑。

那天，那時——

在心愛少女身旁，聽心愛兄弟那麼說的余——

心中湧上了許多情緒。

是自豪，是敬意，是喜悅。

這是余有生以來第一次，在這個當余真正登基為法老後與余斷義而別的兄弟，命運要他率領眾多納爾納人分開大海前往應許之地的少年身上，感到並非法老的「神性」。

余絕不會忘記。

縱然對立而分道揚鑣，結束僅有一次的生命後的現在，余也能清楚想起。

這個為天下蒼生祈求幸福的少年的側臉和聲音——

「即使度過悠悠歲月，這個時代也有你這樣的人啊。」

騎兵低語道。

在地下魔術工坊一角，被皓皓白光照亮的房內，對一個全身與儀器相接而不得動彈的幼子，情不自禁地微笑著。

「想不到時隔三千又數百年的時光，余還能聽見同樣的話。

慶賀吧，被束縛的孩子。因為有你的存在，余准許伊勢三一族可以繼續留存。」

沒有反應。

男孩似乎是在痛苦侵襲前就昏迷了。

恐怕在夢中，這個渺小的人也會受著折磨，捱著痛苦，思念著自己剛說的話吧。

——就和騎兵最愛的朋友一樣。

關於與英靈溝通想法。

如過去所述，主人與使役者之間建立良好的關係相當重要。

因聖杯機能受到召喚的英靈，都有自己的心願。

主人與使役者，基本上雖是在聯繫「要贏得聖杯戰爭」這一點之上，但從各有願望的角度來看，其實是件很危險的事。

魔術師會因為聖杯的機能，獲得蘊含龐大魔力的令咒。

令咒是主人對使役者的絕對命令權，不過最好把重點放在從戰略、戰術方面，以令咒提昇使役者的能力上。

由於彼此不和而使用令咒「強迫行動」的行為相當危險。

如同我多次強調，那是下下之策，千萬謹記。

一旦那麼做，雙方關係將徹底斷絕。
一定要將令咒用在強化英靈上。

單純就可能性而言，這裡舉一個例子——
假如無法與使役者建立圓潤的關係，可以考慮利用他人的影響力。
就算雙方嚴重不和，只要主人身邊的人與使役者結下良好關係，斷然反叛的機率就會大減。

當然，這是紙上談兵。
在聖杯戰爭中，讓他人——尤其是家系中人留在主人身邊的風險非常高，絕不鼓勵。
再次強調。
絕不能在子女還在身邊的情況下投入聖杯戰爭。
若情況不允許使用前述的籠城戰。
絕不能將其納入考量。

不知哪處的黑暗中。
有人正在對話。
絢爛的少女，和文靜的賢者。

兩人所處的黑暗是何面貌，現在無法說清。
能說明的就只是——
那裡位在東京地下深處，有一口巨大的「杯」。

不，那真的是「杯」嗎？
有如黑暗底部開始蠕動的那東西，會不會是一個「大鍋」呢？

（摘自某冊陳舊筆記）

「愛歌大人。

抱歉打擾，有要事向您稟報。」

「什麼事呢，魔法師？有什麼好玩的事嗎？」

「我從日前攻擊您與劍兵的幻想種身上，查出了一些東西。」

「那隻貓啊？真是不怎麼可愛的貓。」

「牠是──一頭『神獸』。在古埃及是象徵天空之神荷魯斯的化身，烈火與狂風的具體形象，人面獅身獸（Sphinx）。當然，這部分您當然是知道的。」

「人面獅身獸怎麼了嗎？」

「操縱牠的騎兵，真實身分十之八九是古埃及的法老。」

「嗯～」

「我接下來要說的只是萬一。假如騎兵的真名如我所想，您或許還無所謂，但是對劍兵來說就有點不利。若是刺客就更不用說了，多半動都不能動就被他消滅了吧。」

「哎呀，我的劍兵不會有事啦。他的聖劍是星輝，是眾人的祈願，不管是哪個神還是惡魔都贏不了他。」

「……如果他『揮得了』聖劍，應該是這樣沒錯。」

「嗯？」

「我已經擬好對策了，請您單純當它是一個保險。這是一個對抗光輝的法老，即使他是『神王』也有必勝之機的——最妥善且最有效的辦法。」

「嗯～好啊，那就交給你去辦。」

「遵命。」

賢者向少女深深鞠躬。

那姿態，恭敬得彷彿是「世界之王」的奴僕。

爾後——

騎兵現界第六天。

在玲瓏館邸上空以閃光轟炸消滅狂之英靈(狂戰士)的兩天後。

一個雄偉莊嚴的龐然大物，現身在夜晚的東京灣。

超大型複合神殿體。

放射無數光華，猶如從夜空墜落海面的星海。

這條名為東京灣AQUA LINE的大型海底工程，預計在六年後的一九九七年完工啟用。從神奈川縣川崎市直通千葉縣木更津市的跨海公路上，當時仍在建造當中，俗稱「海螢」的木更津人工島——海底隧道與跨海大橋的連接點，成了神殿體出現時的犧牲品。

全長達數千公尺複合神殿的「邊緣」，破壞了尚未完工的人工島。

且奇蹟般地無人死亡。

不，不造成無辜民眾死亡這點姑且也在「考量之中」。神殿體真正的擁有者、支配者，那光輝（騎兵）之人達成了如此的慈悲之舉。

沒錯，這空前的神殿體，正是騎兵的心相與生前王威的具體形象。

這是他最大的神威。

這是他最強的寶具。

甚至能自由改寫現實，令人歎為觀止的「固有結界」。

將丹德拉神殿、卡納克神殿等「由複數神殿構成的複合神殿體」更進一步多重混合，加上阿布辛貝神殿、拉美西姆等巨大神殿或靈廟所構成，現實中不可能存在的異形巨大複合神殿體。

連並非他生前所建的神殿都囊括在內的特異形態，代表過去、現在、未來的所有神殿都是為他而存在，完完全全地宣示其天威。

成為騎兵前的他，仍是法老的他，對神官口中的傳說故事不屑一顧，以自己的視角解讀整個世界、神話、諸神，以自己的方式崇拜。

彷彿世上萬物都是他的所有，繁榮與幸福也專屬於他。

可是——

他也有「實現不了」的願望。

「……在這世上，也沒有任何人臨死之前的悲嘆比余更沉重了。」

複合神殿體最深處，主神殿「王座」上——

伊勢三一族孑然置於地下暗室的座椅絲毫與之不及。比什麼都更耀眼、崇高，貨真價實的王座上，騎兵閉目而語：

「余至高無上，完美無缺，獨一無二，必須永遠存在。有限的壽命，是余唯一的悲劇。害余不得不如同法老，無力地幻想自己能在遙遠的時光盡頭重獲新生，踏上成神之途。」

一旁，沒有任何聽眾。

正確而言，騎兵這話是對神所說，對自己所說。

「因此，余要對所謂的聖杯要求永恆的生命。余是這世界真正的主人，非站在世界的頂點不可……問題是，這個世界究竟值不值得余統治？」

這世界有樂趣可言嗎？

至少就戰鬥而言還算不壞。

弓兵、槍兵和劍兵。不愧有著魔術協會特封的三騎士之稱，全是非常強力的英靈。擁有無數勝仗經驗的騎兵，肯定自己也能從他們身上得到在黎凡特一帶與西臺軍隊對陣的激昂。

但是，那沒有多大意義。

戰鬥很好，他很喜歡。

他甚至考慮過不用寶具，只拿他愛用的兩刃短劍與那些英雄交手，不過他的身體已經無法只滿足於戰鬥了。再怎麼說，他最愛的娜芙塔莉都不在這裡了。

戰鬥有意義嗎？

這所謂二十世紀的時代、世界，值得自己再續前生，重執王權嗎？

這幾天，騎兵心中有如此的些許動搖。

最後——

「余就認了吧。」

他露出召喚至今的第三次微笑。

第一次，是在地下工坊一室，聽見幼子聖人心腸的話語。

第二次，是在玲瓏館家宅邸，感到少女王者風範的存在。

「時至今日，聖人和王者也依然存在！」

同時有所預感，「與眾生為敵之人」的蒼銀騎士即將和他決一死戰。

且哄然大笑──

「哈哈哈哈哈哈哈哈哈哈哈哈哈哈！

好吧！余承認！余還是要！

這世界一樣是余以往統治的世界，余對它還是有所執著！

余要這世界！不為其他，因為這世界註定要接受余的統治！」

伴隨高聲宣告。

看似魔術迴路的數道光帶，從王座、主神殿最深處的地面、牆面、頂部接連竄流而出，魔力光瞬時填滿陰暗的主神殿。這一刻，這瞬間，騎兵最強大的寶具「光輝大複合神殿（Ramesseum Tentyris）」才真正啟動。無數內部神殿群展開相應於其祀神的各種結界，岩雕的獅身獸（Sphinx）甦醒，巨大的「丹德拉大電球」化作天空之怒，開始鳴動。

「不是別人──

就是余這萬王之王，奧茲曼迪亞斯！」

騎兵驕傲地呼喊自己的真名，放聲大笑。

奧茲曼迪亞斯——

意即至高神（拉），神之子，天空神（荷魯斯），阿蒙之子，穆特之子，勝利公牛，瑪特的最愛，埃及的守護者，外國的征服者，連綿多年的偉大勝利，上下埃及之王，森羅萬象的主宰，拉美西斯，阿蒙的最愛，拉強大的力量，拉的選民。

西元前一千多年，君臨古埃及世界的最大最強神王（法老）之名。

當他道出真名，世上所有人都得在這光輝下伏首稱臣。

那也是他過去、現在及未來都不會改變的自負。

光輝染遍了東京灣。

宣告決戰時刻似的閃耀及鳴動——

「軍神（Set）和戰爭女神（Anat），儘管降臨在余之雙臂吧！

豐饒女神（Astarte）就隨余勝利之榮光，為染滿鮮血的戰地祝禱吧！

余是拉，是荷魯斯！要以此一役重獲新生，為世界謀福！

余最愛的娜芙塔莉，用妳哈索爾的力量祝福奧茲曼迪亞斯光輝的再臨吧！」

世界必須由我來統治。

這是唯一真理。

拯救世界之大任，舍我其誰。

哪怕要降下滅世天光，將這極東之都歸為塵土。

動手與否，全看有沒有人能踏上這神殿了。假如他們要以無辜群眾為盾，藏匿於都市之中避戰，騎兵奧茲曼迪亞斯就要將魔力注入大電球，擊出神殿體主砲「光雷」，要一如字面地將整座城市連同他們夷為平地。

說不定，已經太遲了。

就算要跨海而來的人出現，也只需將砲門對準他而已！

「這即是一場救世之戰！

余要燒盡所有阻礙，接掌世界，拯救天下蒼生！」

——快來吧。

受蒼銀騎士護衛的蝕世女神（Potnia Theror）。

——看本神王現在就宰了妳。

Beautiful Mind ACT-5

——昏暗中，有個劇烈舞動的女子。

煽情的舞蹈。

熱情的步伐。

緊貼肢體的薄衣下，柔潤的肉體不斷躍動。

裸露的背、腰，腹側到手的大片肌膚隨處沾滿汗珠，在微光下閃閃發亮。

肌膚，是天生的褐色。

臉上，是白色的面具。

以骷髏為形象製成的面具不具表情，唯獨散發著死亡氣息。

無情的面貌，告死的容顏。由於覆蓋她臉龐的面具甚至像是那類訊息的體現，無論女子的舞蹈和肉體對異性有多麼強烈的吸引力，都會因此消退——若這麼說，應該是合情合理。

可是——

那依然存在。

肉體、肢體的豔媚，舞蹈、舞步的褻情。

並不會輸給區區一張詭異的面具。

一九九一年，二月某天。

奧多摩深山地下，運用魔術與現代科學築成，應是不落要塞的大規模地下工坊中，出現了一名舞孃（刺客）。她是單槍匹馬嗎？不，她與她認定為主人的可愛少女一起出現在工坊之內。

這一行，讓她知道了主人是多麼地神乎其技。

眾多結界與機槍座，她都視若無物。應能對使役者造成強力阻礙的大型魔術，也被她輕易消解。刺客在這昏暗如此舞動的過程中，也沒有感到絲毫不自在。乙太構成的虛假肉體別說是疼痛，就連搖擺的腰、劃過空中的指尖都感受不到任何損傷、抵抗或負荷。

當主人要她入侵在深山建立據點的遠東魔術師一派——領導者是聖杯戰爭參加者的伊勢三一族工坊時，她的確做好某種程度的心理準備。認為儘管使役者超乎人知再多，以最低位階召喚出來的自己踏入決心打籠城戰的魔術師所精心籌備的工坊，絕不會全身而退。

但是什麼也沒發生。

沒有任何東西阻礙她的腳步或舞蹈。

這一切，都是拜她主人不可思議的魔術所賜。

猶如蝴蝶振翅，花兒吐蕊一般，主人極其自然地辦到了每一件事。

「——接下來就交給屬下吧，我的主人。」

入侵成功後——

刺客對少女輕聲這麼說。

接著開始自己的工作——揚手擺足，翩然起舞。

要殲滅這麼一座完全封閉的大規模地下魔術工坊，簡直輕而易舉。只要像這樣進入空調控制室，跳支舞就行了。刺客狂舞的肉體所低落的「毒汗」揮發而成的「毒氣」，將透過空調系統散布到這地下工坊的每個角落。

與直接接觸相比，這樣的方式會使得毒素濃度大幅降低。

畢竟藉由口脣等粘膜部位，刺客的毒才會是真正的必殺武器。

儘管如此，只要她不斷舞動、流汗，沒有準備防毒手段的人，以呼吸維持生命活動的生物都會先四肢麻痺，所有思考能力和心跳逐漸渙散，最後緩慢地死去。

在這奧多摩深山地下的工坊中，任何一個人都逃不過這樣的命運。

沒有老幼之別，男女之分，整個伊勢三家族滅於一夕。無論是具有魔術迴路的魔術師——聖杯戰爭的候選人，還是不具魔術資質，只要人在這迷宮般的工坊裡，結果都是死。

他們都得死，這已是無可動搖的既定結局。

原因是——

他們是盤據東京灣那強大英靈，騎兵的主人與其族人。

他們是聖杯戰爭參加者的眷屬。

不。那些事，在刺客舞動的這一刻應該已沒有多大意義。

即使結果都一樣。

此時此刻，對刺客所跳的歡喜之舞——

不具任何意義。

在這裡的，就只有為主人奉獻的心意。

能為少女派上用場的事實所導出的無上喜悅——會要求將這裡交給她，就是因為渴望這份喜悅。希望少女看看她，觀賞過去曾在無數敵國領主或將帥面前表演的這支舞，在她還有真實的生命與肉體時，就只是為了麻痺暗殺對象的肉體，並勾起他們淫思的舞——如今昇華成死亡之舞（Danse Macabre）的——她的毒舞。

為了少女，即使再弱小也想有所表現。

就是這麼單純。

一閉上眼，刺客便能無止境地回想。

自己在為了暗殺而接近的某人面前，如此舞動的每一個日夜。

有哪一次如此激動嗎？

生前的自己，儘管沒有毒性這麼強的身體，只要能在男人眼前跳舞，他們大多數都會吸入揮發的毒素而頭腦昏沉，像野獸一樣撲上來。

就算是疑心病重的領主，還是身心健壯的名將都一樣。

有時也能用同樣的手段刺殺女人。

因此，無論是誰，無論男女。

都沒有一個人真正見過這舞蹈的最後一段。

直到這一刻——

「很美喔，刺客。」

多麼甜美的聲音。

啊啊——

只有妳，能夠始終微笑著看完這支舞。

「真的真的，跳得很棒喔。

妳這樣跳舞的模樣，就像是晚上才盛開的異國之花呢。」

眼角處，能看見至高無上的主人——沙条愛歌的純真微笑。

比什麼都更純潔，比什麼都更崇高、耀眼。

同時，某些地方似乎傳來發現肉體遭毒素侵蝕——察覺自己離死不遠般的哀號和慘叫，

不過那都不是值得刺客留意的事。她不會因此停止躍動，繼續以舞蹈揮灑她滾滾情懷湧上皮膚的汗水。

只是不知為何——

她腦海裡忽然浮現某個人。

現界後，不知是她殺害的第幾個人。多半還沒成年吧，是名十六七歲的男孩。對她說了很特別的話。

三天前與她相吻的，狂戰士的主人。

他說了什麼呢？

還記得他說的話實在很怪。

刺客隱約記得，那就像一段差勁的笑話。

在廝殺中說那樣的話不僅可笑，甚至教人震驚。

——不要逼我用令咒。

舞動之中——

毒女想起了一小段他說的話。

真是個怪異的少年。

假如他是自比聖人，選擇以死犧牲。

先不論他是不是個懂得操縱英靈的魔術師，就一個小丑而言，他稱得上優秀嗎？

（小丑啊……）

戴著面具狂舞的自己更像小丑吧。

至少，比那少年更像。

關於襲擊據點。

在聖杯戰爭中，敵方魔術師的據點可想而知，絕大多數都是工坊。魔術工坊的原意，是提供魔術師盡其一生投入研究而建立的設施。聖杯戰爭發生時，它就能會發揮另一種機能，成為魔術師用盡畢生奧義的要塞。

擁有強力靈地的主人，工坊極難攻克。

設下結界，有相當高的可能性阻擋他人召喚的英靈（使役者）等魔物入侵。

就算使役者能成功強行突破，也會有顯著的損耗。

因此，如何破壞結界或削弱結界效果非常重要。

使役者擁有絕對的戰力。

反言之，只要能平安抵達目的地——送他們到主人的所在地，無論是如何堅固的要塞都能成功攻破。

例如使用令咒，暫時強化使役者或使他們瞬間移動。

可以不依靠寶具或技能等固有能力，單純選用這些底牌就能使襲擊成功率大幅翻升。

切記。

襲擊據點時，有殺著能用就不要猶豫。

同時——

防衛據點時，要時時藉由敵方陣營的覺悟與能力，評估防線遭到突破的可能性。聖杯戰爭畢竟是場廝殺，應戰時務必設想任何可能。

（摘自某冊陳舊筆記）

死了好多人。

有老人。

年輕人。

小孩。

男人女人、普通人，有魔術迴路的人，全都死了。

死得並不痛苦。只是，可能因為他們是在明確感到自己和周圍的一切都逐漸死去的同時喪命，多數死者的臉上都殘留著濃濃的驚恐表情。

只有魔術師例外。

他們大部分都是面帶痛苦而死。

為什麼？

因為他們擁有抗毒禮裝。為防萬一，少女對刺客的毒動了點「手腳」，促使它造成某種變化──一旦感知到魔術迴路的存在，毒素就會立刻變化、變質，在接觸魔術師肉體的同時，將魔術迴路代換成絕對的致死迴路。

結果就是，地下工坊被寂靜給填滿。

沒有任何人能發出聲音。

只有少女和刺客穿過走廊的細小聲音斷續作響。

這時──

『愛歌大人，抱歉打擾，魔法師有事向您稟報。』

「哎呀，什麼事呢？」

『我想您已經察覺了，您的行動成功改變了東京灣上空的戰局，特此向您報告。騎兵失去主人後得不到魔力補給，那麼巨大的寶具又會劇烈消耗魔力，他應該撐不了多久。』

「這樣啊。」

『您還有任何疑慮嗎？』

「那個法老那麼強，說不定還藏了一手吧。啊，還有就是，攻陷奧多摩的不是我。」

『這──』

「是刺客喔。這孩子很賣力工作，好乖好乖，好棒好棒喔。」

『您真愛說笑。』

「哎呀，怎麼說？」

『奧多摩的地下工坊是魔術師的世界，配戴抗毒禮裝的魔術師肯定不少。那種毒能殺的，頂多只有不具魔術能力的人而已。』

「『剩下的』我是有幫點忙啦……」

『果然如此。』

「真是的，不要這麼欺負刺客嘛，魔法師。」

『請原諒我，愛歌大人。』

「接下來，你要好好幫劍兵喔。在確定固有結界完全消失以前，把自己的工作都做好，這是你自己的計畫吧？」

『遵命。』

「我要在工坊裡參觀一下，然後給弓兵的主人打一通電話。要確保能殺死法老，我還是覺得要靠弓兵才行。」

『請小心，那樣的忠誠並不完全可靠。即使是愛歌大人您，與魔術師接觸時最好還是小心為上。』

「放心啦，只是打通電話嘛。」

在充滿死亡的地下陰影中，少女一句句地說。

面具之女就守候在身旁。

與遠在他處的一騎從僕，彷彿就在身邊似的對話。

「那個人很厲害喔，可以拿著手機到處走耶！」

『在魔術師裡還真是罕見。絕大部分的魔術師都會遠離科學的尖端技術。』

「是吧？原來還有那種魔術師。

不過，這個工坊裡也有好多不一樣的機器——咦？」

『怎麼了嗎？』

「我發現一個好玩的房間。不說了，待會兒見。」

映入眼中的——每一次，幾乎都是了無生氣的天花板。

還有無數管線。

連接機械裝置的——管線。

現在自己身上的——管線。

全是熟悉的畫面。

即使病床搬到地底的大規模工坊，也沒有任何變化。

這裡的格局和天花板，全都和平時新宿那所綜合醫院的特殊醫療大樓的特設病房一模一樣，甚至是每一根管線。

我不認為這是刻意的安排。

一定只是沿用相同設計而已，因為比較有效率。

我並不恨那些東西。

能移送到地下工房深處，像這樣準備一間經過無菌處理的特設病房，我已經覺得自己應該是個幸運的人了。

的確很幸運。

因為至少到了這一刻，只有我活了下來。

「嗯～」

有種鈴聲般的美麗聲音響起。

「這裡的氣密度好高喔，而且房間的空氣循環是獨立的系統呢。防塵處理和防毒處理水準都很高。」

陌生的聲音。

尋常的房間裡，來了不尋常的人。

「這裡不只是機械在運作，還有符文的效果存在。嗯，如果沒這樣做，就不能抵擋刺客的毒了吧。」

即使懂得不多，但我還是能夠辨識。

那是女孩的聲音。

「我不討厭這樣喔，你們這一族還有那麼點意思嘛。把會玩這種遊戲的人殺光光，好像有點可惜。」

使我聯想到，精心雕琢的美麗庭園中，大肆綻放的鮮花。

實際上，這位避開幾根管線，從病床上頭窺視著我的少女，真的有如花一般的美貌。可愛，美麗，婉約，秀麗。我動員有生以來不怎麼長的時間中獲得的知識，想出幾種形容詞。

她就是這樣的女孩子。

穿著我從沒見過的服裝。

是洋裝，很適合她。

「……妳好。」

我從喉嚨擠出聲音，轉成言語。

拜今天肺的狀況還不錯，沒有裝人工呼吸器所賜，我總算能像這樣打了聲招呼。想不到，氏族外的人和我說話的奇蹟，會在這麼短的時間裡發生兩次。

第一次，是眼睛像太陽一樣閃耀的男人。

第二次，是這名女孩子。

「你好啊，可愛的男孩子。你好像很沒精神耶。」

「……對……啊。」好難受。說話對喉嚨和肺的負擔實在很大。

「我很有精神喔。我現在在打聖杯戰爭，為了我最愛的他。」

這樣啊。

我終於聽懂她那些奇怪的話了。

有一段時間沒人來巡視病房，原來是「因為這樣」。平常這裡都會有些穿白袍的人來來去去，檢查接在我身上的測量儀器，用一直插在血管裡的針和管子打藥、問診，裝設實驗器材，替移植魔術迴路之類的事作準備，有很多事要忙。

現在一個人也沒來，就表示──

「對不起喔，我們把你以外的人都殺光了。因為騎兵太厲害了，所以最好先切斷他的魔力來源。」

女孩尷尬地皺起眉。

淺淺地，露出笑容。

我無法回答。

說不出話。

不是因為本來就不習慣說話。

是因為想到病房外應該死了很多很多人。這工坊裡應該就是有那麼多人。有大人、老人。因為我有魔術迴路，所以他們對我說了一些家裡為聖杯戰爭做的改變，聽說這裡還有幾個懵懂無知的年幼小孩。

絕大部分我都沒見過。

別說長相，就連名字都不知道。

可是──

我對女孩那些話和笑容，反應就只有「哀悼」。

「要怨我還是恨我都可以。啊，不對，也可以高興喔。硬逼你這樣活下去的人，幾乎都死光了。」

溫柔的微笑。

女孩帶著可以這樣形容的表情，說著那樣的話。

我不記得自己實際見過這種表情。穿白袍的人大多都沒有所謂的表情，會帶著感情接觸我的，都是憐憫、同情那一類。

「……我……誰都……不恨。不恨妳……也不恨……伊勢三一族。」

「是喔？」

「……如果……可以……」

如果可以——

希望除了我以外，每個人都可以享有安寧、和平和幸福。

「如果妳……真的把整族都殺光了……我覺得……」

很難過。

聽見有人受害。

讓我難過無比。

但儘管如此——

「我誰也……」

誰也不恨。

雖然最後有點嗆到，沒有清楚說出口，不過我想她知道我要說什麼。很奇妙地，我感覺得到這個女孩明白我所有還沒說出來的想法或意思。

所以——

瞧，女孩稍微歪了頭。

「嗯？」

很感興趣的樣子。

這時候，我逐漸明白。

她和別人「不一樣」。

不是普通人，也不是普通的魔術師。

不是知道自己是個脫離倫常的魔術師，也不是刻意壓抑感情，將我當成實驗動物的白衣人。這個女孩，一定很有感情。

她會接收、感受身邊的一切，實現每一個想法。

只是，是尺度嗎？還是觀點？立場？

有哪個地方不一樣。

和誰都不一樣。

「你真有意思，好像很久以前的聖人喔。」

我甚至有空間歪曲了的錯覺。

女孩手上飄浮著某種東西。

黑色的東西。

黑糊糊地一大團，鼓動得比以前在螢幕上看見的自己的心臟更厲害。

某種「不斷脈動的黑色物質」。

光是見到它，體內深處的某一部分就覺得好痛。魔術迴路？不對。我能感覺到，我的心、靈魂正在吶喊。那是——

「你比你其他族人有趣得多了。嗯。」她溫柔地摸著我的頭說：「所以，我想做個實驗，看你是不是真的不會恨任何人。好不好？」

「實……驗……？」

「我已經找到大聖杯了——這個東西……，不，這個寶寶是我在杯底發現的。牠很厲害喔，肚子『很餓很餓』。如果我把牠埋進去一個小時——改成三十分鐘好了，如果你還能說一樣的話，嗯，那我就不殺你。」

美麗的聲音，愉快地那麼說。

美麗的臉龐，溫柔地說出殘酷的話。

女孩始終保持微笑。

沒錯，有如盛開的花，有如夜空裡閃爍的星星。

「加油……好嗎？」

雖然對我而言——

花和星星，都只有在螢幕上見過就是了。

受驗者A紀錄報告：

發現A的當時，狀況超乎想像糟糕。

瀕臨死亡之類的幾個字，完全不足以描述其慘狀。

受驗者A雖是在我族根據地奧多摩地下工坊發現的唯一生存者，但也是「受損最嚴重」的被害者。

生命狀態部分，腦機能與心肺機能是還勉強留存；而就整個人體而言，卻有極度重大的缺損。受驗者A生來全身就有多處缺損，必須倚賴大量器材維生，但發現當時的狀態卻與過去差異甚大。

內臟大量壞死或溶解，原因不明。

從內部遭到嚴重侵蝕。

至今仍沒有可能推論。

唯一的線索是發現當時，沾附在受驗體A身上的不明物質。（見照片２）

一名作業員一接觸這黑色膠狀物質便立刻發狂失控，試圖壓制的另外兩名作業員也發生同樣變化，斷續性地叫喊與獵食相關的詞語攻擊其他作業員，最後不得不以非常手段強行鎮壓，完全折損共六名作業員。（從發言內容可以推知，其行為是來自異常的破壞慾與近乎使命感的憎惡等情緒。發言內容詳見第〇〇二三三號報告書）

必須特別提出的是，由於我族根據地可能是遭受某種魔術手段或生化武器攻擊，所有作業員在搜查途中都是穿著完整的抗生化氣密服，但精神仍然產生異變。

黑色物質究竟為何，至今仍無法查明。

沾附在受驗體A身上的黑色物質，事後旋即以不明方式消失。

受驗者A現在依然存活。

狀況遠比過去艱困。觀測數據指出，每一次心跳和呼吸，都會造成極大的痛苦。而且是遠超乎人體，尤其是腦所能忍受的痛苦。

醫療小組當然給予了大量藥物及魔力治療——然而原有一定功效的療程，現在幾乎都不管用。

現在的受驗者A，無時無刻都承受著逾越忍耐極限的削骨之痛。

但至少A並沒有因為這樣的痛苦而死亡或發瘋。只要我族「技術」還能維持其心肺等機能運作，就能繼續存活下去吧。當然，那延續不了幾年時間。

假如精神如此強韌的受驗者A是個肉體健全的魔術師，能對復興我族提供的貢獻，應該無可限量。

目前受驗者A最有效的運用辦法，即是繼續維持其維生裝置，使A獲選為「下次聖杯戰爭」的主人。其與生俱來的魔術迴路，及凌駕常人的精神等資質，受聖杯認可的機率是十二分地高。

唯一的問題是，損傷如此巨大的肉體是否能夠負荷召喚英靈，及召喚後維持其現界必須消耗的魔力及體力。

不過這也不是問題。

當家玄莉所開發，集我族技術之大成的「面具」應能夠扮演主人的角色，使之正常運作，維持其召喚的使役者所需——即使在受驗者A死後亦然。

（摘自某綜合醫院報告書）

——僅此一次，且讓時間加速前進。

來到八年後。
西元一九九九年。
東京都新宿區，某綜合醫院的特別醫療大樓一隅。

世上第二次聖杯戰爭才剛開始。
七人七騎的廝殺就要爆發。

年少的聖人有意結束其生命。
身體遭埋入可怕怪獸，日復一日飽受更大痛苦的時期盡頭。

一成不變的天花板下。

眾多管線彼端。

包圍在一群面無表情的白衣人之中。

——做出人生中唯一一次「任性要求」後，再過幾天——

我沒有能對聖杯許的心願。

因為我的一切都已圓滿。

我一直深信。

人世的溫情，人性本善。

擊敗戮害眾多英雄的可怕戈爾貢女妖(Medusa)，拯救即將被獻祭給神罰鯨怪凱圖斯的安卓美達，

從惡王波呂得克忒斯手中救出母親時都是。

成為提林斯之王後更是如此。

奧林帕斯諸神總是守護著我，適時馳援。

偉大父神宙斯，戰爭女神雅典娜，智慧之神赫爾墨斯，都曾在我於眾多冒險中遭遇危機，或陷入困境時伸出援手。即使我受盡眾人讚頌，也不曾妒恨過我。

駭人的怪物，墮入邪道的王——

我相信這類人物都偏離了世界正道，不曾懷疑。

任何時候都很幸福。

儘管面臨過生命危險，也不曾灰心氣餒。

我的世界充滿光輝，眼前的路永遠都是那麼明確。

所以——

第一次見到你那時，我就深信，在這個我獲得虛假生命，成為使役者之一而來到的世界上，我這次必須拯救的人就是你。被束縛的你，就像那天那時的安卓美達，被無數鎖鏈（管線）給纏繞住。

終日倒臥白色病床的你。

虛幻的少年。

背負一族大願，在機械的束縛中存活，成功召喚英靈的人物。

「你很在意嗎？」

你這麼問我。

當我回答「我和被綁住的人好像很有緣」之後，你和我聊了星座。蒙受雅典娜女神召入天界化為星座的我——英仙座。

那在這極東之地是秋季星座，還看不見。

現在是冬季，寒冷的季節。

我也很想陪你出外看看冬季的夜空。知道那對你並不容易的時候，我好心痛。你的身體受到病魔嚴重侵害，出不了這個純白的房間。那是多麼悲哀的事啊。

不曾在原野感受清風吹撫。

不曾在海濱品味潮水薰香。

不曾在夜晚欣賞美麗星空。

啊啊，既然如此——

願望。當我們戰勝群雄，成為最後留下的主人和使役者，聖杯要替我們實現願望的時候，就要它讓我們一起去看看秋天的夜空吧。

聽我這麼說，你好像很驚訝。

「你這麼簡單就決定願望了嗎？」

沒什麼好奇怪的。

被召喚以前，我柏修斯本來就是個沒有留下任何遺願的人。都升天作星座了，我還有什麼好奢望的？不如就替召喚後認識的新朋友許個願吧。

治好你的身體，一起看看英仙座。

我這番話沒有得到你的同意。

你是這麼說的——

你早該在八年前就結束的性命，由族人像這樣延續了下來。

還認識了堪稱朋友的人。

所以你已別無所求。

「我希望聖杯，可以替更多人帶來更大的幸福。」

每次心跳都帶來痛苦的生命。

吞針嘸刺般的呼吸。

生氣卻與巨大的痛苦相反，稀微得可憐。

在未來只有等死的狀況下，你居然那麼說。明明遭受無限痛苦的折磨，卻沒有任何忿恨或怨言。毫不在乎自己被侵蝕得目不忍睹的身軀，只為百姓祈求幸福。

啊啊，你才是真正的英雄。

宙斯大神啊，雅典娜啊，赫爾墨斯啊！祢們為什麼不救救他？

這裡就有一個比誰都更適合升為星座的人啊。英雄——不該這麼說。不依賴以傷害打倒阻礙的暴力，具有一顆萬聖的心，祈求所有人的幸福。

你說諸神已離世人而去，看來真是如此。

至少祂們不存在於這片土地。

願意傾聽聖人之語的慈悲，不存在於這個連夜晚也被光輝埋盡的城市。

「我有事拜託你。」

某天，你這麼說。

只要是我能做的，我都願意做。聽見我的回答，你微笑了。

你希望我看看這城市的模樣。

盡可能多看些人，記下他們，回來告訴你。

那就是你的小小願望。想到你為了該不該對我說這麼短短一句話，不知猶疑了多久，讓我心裡好難受。那只是一件不必想那麼多的小事，你卻表現得很過意不去。

對自己才說沒有願望卻又出爾反爾，感到非常慚愧。

哪兒的話，小事一樁。

真的是這樣。

請朋友幫助，本來就不需要那麼緊張或愧疚。

我如你所願在街上漫步，穿過彷彿直達天界的超高層大樓之間，凝望寬廣公園的樹林和歌唱的小鳥，一路上牢牢記下歡笑的親子，到處嬉戲的孩童，走了一整天。

我曾問你，用所謂的相片留下紀錄，會不會比較好？你卻堅定地搖了頭。由於管線可能滑脫，你最好是別動的好，但你還是那麼做了。

「我希望你能用自己的眼睛看。

看了以後，把你最直接的感覺告訴我。」

我照做了。

我將這天見到的一切全告訴了你。

你咳著嗽，開心地微笑著聽。

「……我的……願望，就是你……今天……看見的東西。」

你那麼說。

你為了自己連見都沒見過的人們，說了那樣的話。

真是何等美麗。

何等哀淒。

你如此深愛世界，深愛著每一個人，可是我在街上見到的人，又有哪一個對你有情愛可言呢？

現在。

受你召喚而現界的第七天，今天這個日子。

我只不過是存在於這個世界，就不斷吸取你的魔力、生命力，對你造成令人不忍的影響。你看起來十分衰弱。再過一小段時間，你的生命之火就要熄滅了吧。

這樣子，你根本熬不過這場爭奪聖杯之戰——

我真的束手無策。

就只能站在你枕邊，看著你一分一秒衰弱。

或許這樣也好。既然我根本救不了你，在你喪失生命之後，我也會跟著你一起消失。不知會回到英靈之座還是星座，若是後者，或許諸神就聽得見你的聲音了。

等你也成了星座——

「因為我沒有朋友嘛。」

顫抖的喉嚨。

我感覺得到，他僅存的生命正換成聲音，換成言語。

雖聽說聖杯戰爭所選擇的使役者，都是擁有未竟之志的英靈，但我不是那樣。你還是繼續說下去。我制止你，說那樣對你不好，你也只是微笑。

「所以……我人生中唯一的任性，就是你。」

任性？

你那是什麼意思？

「幸好你是一個幸福的人，不是悲劇英雄。」

你不能再說下去了。

我知道，我都懂。光是這樣說話，你那副被惡毒病魔啃食殆盡的身體，都要承受難以置信的痛苦。至少在最後這段時間，我希望你能平靜地走。

可是，你還是不停地說。

對著我說。

對你口中的第一個朋友，我柏修斯說。

「因為……你這樣圓滿的人，許的願應該能帶來幸福吧？我相信你會對聖杯許一個溫暖的願望。所以，拜託你……」

——拜託你，一定要帶給人們和平和及幸福。

你作著美夢似的微笑。

說著不成聲的話，遠離這個世界。

同時消耗浮現於左掌心的令咒，賦予柏修斯（我）血肉。

想像我獲得強健的骨骼，柔韌的肉身以後——

一定會讓世界充滿幸福。

「原來……」

五體重獲新骨。

全身重獲新肉。

炙熱的赤紅血潮奔騰流竄，使我感到自己真的擁有了與虛假乙太不同的肉體，並為真正的心臟與靈核相接而驚愕之餘，我——注視著你已死的容顏。

雖說是用了令咒——

這可是賦予靈魂活生生的血肉。

那乾枯的身體，究竟哪裡還有那麼偉大的力量？

是魔術奧義，還是你個人資質使令咒辦到這樣的應用，我無從得知。但是，我還是接下了你的願望——看著死去的你。

「你就這麼……為他們……」

剎那間，有種東西在我心中渦漩。

想著你得不到報償的人生。

對你到最後也不恨他人，堅信世上有愛的心致敬。

接著，對「見死不救」的一切感到毛骨悚然的憤怒。

——悲傷、尊敬、憤慨，全部溶成一團。

失去所有顏色，混濁成光線透不進的「黑」。

「我要對聖杯許願。」

賜給你幸福。

倘若聖杯真具有萬能的力量，能達成如今遙不可及的天父宙斯也辦不到的事，那我要在此發誓。

聖人啊。

為人群祈求幸福的人啊。

你——

就只有你，非得比任何人都更幸福不可。

我不會讓不願對你伸出慈悲之手的這個世界奪走你。

絕對不會。

Beautiful Mind ACT-6

——嬌羞，化為了實體。

或許會有人以純潔，無邪，妖精或花朵比喻她吧。

若有詩人知道幻想隱沒前的世界，肯定會投注千思萬緒，費盡畢生技巧，以各種生動的神祕形容這位比地上庭園鬥豔的百花更美，沒有豔到使人瘋狂，只會溫柔地填滿人心的高貴佳麗。

與整座大宅相比之下略顯窄小的浴室中，那泡在浴缸裡的少女，明顯地散發著光輝，全身滿是思念。

只要見到她染上粉色的面頰，任誰都會明白。

這裡有「戀愛」。

並不是打滿白色肥皂泡的熱水升高了她的體溫。

因為少女知道——

她的所愛，就在自己附近。

「吶，劍兵，你聽得到嗎？」

鑲上毛玻璃的門板另一邊——冷颼颼的更衣間。

他就在那裡。

因為這個緣故，少女羞紅了臉。雙眸飄搖，如清池般閃耀。

純真地，少女思念著他。

無邪地，少女傾慕著他。

觀察結果顯示，那是毋庸置疑的真實、事實。

少女是為他而活。

知道他最深切的願望後，決定將「一切」獻給他，助他如願。

相信世上最棒的劇作家(Shakespeare)會說，這無疑就是戀愛。

而世上最棒的童話作家(Andersen)會說，世界將因此而成，也將因此而毀。

因為思念他，傾慕他，戀著他——

少女才能「達成任何事」——就是任何事。

魔術奧祕與奇蹟交錯，使這一九九一年的東京，出現一群超常且最強的英靈。即使他們全都阻礙她的去路，出現嘯月的狂獸，支配五大元素的魔術師，全身是致死之毒的少女，遙遠東方的大英雄，操使超大型怪異長槍的女子，將天空與大地占為己有的神王都一樣。

她也不會害怕。

不會退縮。

哪怕全世界都來阻礙她，也不會有一絲猶疑吧。

那就是她的戀愛，而世界應該也不會對她張牙舞爪。

只是──

她也會為自己的傻行為後悔。

例子是有，而且就是現在。

「……劍兵？」

少女小聲重複剛喊的名字。

兩天前，儘管立定重重策略，用盡手段，要求最好中的最好，他的肉體還是在東京灣的決戰中受了很嚴重的傷。雖然經過她傾力治療，傷口已全數癒合──當初見到那麼深的傷，她也一時慌了手腳，露出原本不會有的表情。

「你還在外面吧，我的王子？不，我的騎士。」

少女再次對門外說話。

呼喚不回話的壞心眼騎士王。

一秒，兩秒過去。還是沒回答。

就客觀事實而言，劍兵曾經說過，即使隔著一扇門，騎士的禮儀也不允許他那麼接近入浴中的女性。那麼，當明顯是赤裸一身白膚的少女呼喚他時，他同樣也會避諱吧。

少女不知懂不懂如此騎士的矜持，在這時稍微鬧了點脾氣。

可愛地噘起嘴。

「不可以喔，怎麼能隨便走開呢？還不曉得會有多麼可怕的使役者打過來呢。」

依然沒人應聲。

於是，少女更不高興了。

就是這樣的情緒，會害得她自己出糗。

因為即使具有造就萬象的「機能」，少女仍——

不看自己的未來。

無論如何。

絕對不看。

那是她給自己下的唯一限制。

「那好吧……」

少女這次嗤嗤微笑。

她不再鬧脾氣。那使壞的微笑，代表她決定乾脆卯起來調侃她那清白廉潔，心愛的騎士。不知該當那是這年齡常見的淘氣，還是比年齡低了有點多的天真。

總之——

「如果你要這樣欺負人家，我也有我的反擊。那個啊，我看你就不要待在那裡了，乾脆直接……」

那挑逗的音色。

「和我一起……」

妖姬(Morgan)般態度的話。

「進浴缸——」

很遺憾，簡直是自殘行為。

這就是證據，自己看吧。

「…………！」

與其說她是發現自己說錯話，反而更接近是對自己說出那樣的話感到驚訝。在一段彷彿察覺自己犯下某種失誤的沉默後，少女的臉逐漸沾滿明亮的玫瑰色。那已經不是能以粉紅稱呼的顏色了。

轉眼間，連耳根子都紅了。

「我……我……我什麼都沒說。真的……沒說什麼。」

少女自己都越說越羞愧。這不是自殘或自掘墳墓，還會是什麼呢？少女說著「我真是個小笨蛋」後沉進浴缸的模樣，與世上滿地都是的愛上戀愛感覺的純真少女毫無二致。

咕嚕咕嚕咕嚕。

咕嚕。

咕嚕。

連頭都沉下去了。

白色泡泡堆裡，浮出更多泡泡。

關於靈體化。

現界的英靈（使役者）所自動具備的特徵中，有一項便是解除實體，化為靈體的能力。事實上，那不該稱為能力，視為現界的副產物比較正確。

一方面，受到召喚的他們具有乙太構成的實體，虛假的肉體。

在現世活動用的實體。

即使虛假，由物質組成的這點上仍與我們無異，遭遇物理障礙時，還是得破壞掉才能前進。

同時，他們總歸還是不存在於這世界的靈體。

除非在特殊狀況下「獲得血肉」，他們全都既是存在於現世，但又不存在於現世。

因此——

他們才會得到靈體化這麼一個近似能力的特質。

化為靈體後，他們就不再是物質，不會受物理干涉，可以任意穿越牆壁等物理性障礙。

另外，可能是因為他們本來就不存在於現世，一旦解除虛假肉體化為靈體，維持現界所需的魔力就會有顯著下降。

就算是必須消耗大量魔力的強力英靈，只要進入靈體狀態，就能夠大幅減輕魔術師的負擔。

但是。

在靈體狀態下，使役者無法對任何人或物造成物理影響。

因此，使役者的使用方式一般大多是「平時靈體化，戰時實體化」。

但這會受到使役者本身的特性高度影響。

保持實體化，對某些使役者可能具有特殊意義。

（摘自某冊陳舊筆記）

一九九一年二月某天，傍晚。

東京都杉並區，沙条邸。

誰會知道，這個小宅院竟一次聚齊了三騎使役者。

誰會想像這種事？樞機主教所率領的聖堂教會、聖堂騎士團、海外魔術協會眾領主，不知名的遠東魔術結社成員，誰都預料不到吧。一個魔術師女孩，與一騎英靈締結契約之外，還有兩騎甘願歸順她——

「……」

少女呼出一小口白氣。

能感到虛假的肺淺淺地呼吸。

靜謐佇立的少女——刺客，以她褐色的肌膚感受著夜晚的冰冷空氣。

解除靈體化，以實體站在這裡並沒有特別原因，不是因為主人比誰都愛的他（劍兵）保持實體化的時間長得不自然而起了競爭心理。應該不是。那可能是主人的要求。

真要說起來，可能是想用實體的眼睛看看眼前的東西吧。牆和天花板全是玻璃，有如藝術品——稱作植物園的庭園。

聖杯賦予的知識雖不包含深入的園藝技術，但她還是能一眼看出那是個不簡單的庭園。

甚至覺得到了夜晚，在如此星光之下才能真正凸顯它的美。

她沒見過植物園白天的面貌。

不知道是否真是如此。

就只是注視著它。

在延伸自本邸的道路盡頭，沒有開門，站在門前。

沒有擅自闖入，只是隔著玻璃默默地看。

「結界嗎……」

不進去。

進不去。

門上設了防禦魔法。

是某種預定的守護對象進入時，會變得特別牢固的結界吧，還經過詛咒類魔術強化，真是有趣。即使是使役者，也能有效抵擋一陣子吧。尤其是沒有任何抗魔能力的刺客，更是自然地認為自己不該再往前走。

若有使役者執意進入這裡，想必一定有他的目的——

例如在聖杯戰爭中，要追殺敵對主人的使役者。

「妳是誰？」

柔嫩的聲音。

聽來似乎沒有防備，又隱約有點戒心。

不是敵人，無疑是人類。很幼小，很脆弱。

從幼童喉中發出的聲音，和主人不一樣。

刺客不是沒察覺他人接近，只是認為主人的親人不必警戒，決定繼續欣賞這庭園而已。

就這麼簡單。

又吐出一口白氣後——

刺客以「變裝技能」改變面貌，轉過頭去。

幸好服裝已經變成平時的連身裙。這是因為，她認為既然要在家中實體化，不適合保持使役者原來的服裝才那麼做。往後，或許必須更加留意自己的外表。

「打擾了。」

「呃，妳是爸爸的……客人嗎？」

「對。」

刺客不假思索地撒了謊。

她很習慣撒謊。

生前即是如此，經過死亡到現界的這一刻也沒有改變。沒有正式與主人重定契約的她為了維持肉體、補給魔力，每晚還是會上鬧區獵食男性的生命，不停吞噬靈魂和魔力。

撒謊是家常便飯。

以假表情微笑，以假話勾引，以假動作使男人為她瘋狂。

今晚，她也會那麼做吧。在新宿或中野、荻窪一帶的街角。

「呃，那個……」

小女孩似乎耐不住沉默，又開口問：

「妳該不會是姊姊的朋友吧？」

「對。」

又撒謊了。

她立刻察覺這樣和先前的回答有點矛盾，於是——

「我和沙条廣樹先生認識，也是愛歌小姐的朋友。」簡單地補上這麼一句。

「這樣啊。」

「對。」

「喔……」

或許是因為提到家人的名字，語氣變得有些含糊。

她起疑了嗎？

是也無所謂，刺客很慣於潛入。在生前，她多次出入與教團作對的有權人士，玷汙聖地的西方騎士或將領的據點，有過幾次意外遭遇小孩的經驗。就算是頑固的騎士或衛兵，她也能不留痕跡地打發掉。

再者，她並不討厭小孩。

若問喜歡還是討厭，那當然是喜歡。

不能懷孕也不能分娩的她，覺得小孩特別可愛。

他們是慈愛中成長的純潔，自己永遠沒機會以那雙手擁抱的對象。

「妳是綾香小姐吧？沙条綾香小姐？」

「嗯，對。」

「我是——」

該用什麼名字呢。

哈山．薩瓦哈並不是只屬於她的名字。

要成為這世上唯一的哈山，自己還有太多缺點。儘管手下亡魂不計其數，她還是無論怎麼想都不認為這渴望與他人接觸的脆弱之身，已完美地達成教團盟主的使命。唯一能讓她自豪地說自己也是歷代哈山之一的事，就只有死在「那位大人」手裡。

即使聖杯戰爭發生奇蹟，聖杯落入她手中——

會不會太無恥了呢？

這樣的人也敢冠上哈山之名。

「請叫我吉兒。」

「吉兒？」

「在我的故鄉，那是影子的意思。」

虛假的影子還比較合適。

刺客發覺自嘲的笑意不自禁地浮上脣角，克制住了。

那樣的笑，不是該讓孩子看見的東西。

「吉兒，妳喜歡植物園嗎？」

「……對。因為它很美，我忍不住就停下來看了。」

「這樣啊。」

喃喃地，孩子回答。

接著——

輕輕柔柔地微笑了。

剎那間，刺客用盡所有能耐抑制席捲而來的衝動。

那是多麼可愛。若她是夜影，主人沙条愛歌是月光，這孩子的笑容便是溫暖的陽光。

這樣形容會太誇張嗎？

不，絕對不會。

儘管性質不同，那也是高高在上，刺客不可企及的笑容。

單就遙不可及的光輝而言，雖然遠不及主人那麼燦爛，但光還是光。

而且和主人不同，是不可接觸的光。

她能碰主人。

卻不能碰這孩子。

就只有這麼微小，卻又絕對的差別。

「這裡是我用功的地方。」孩子有點靦腆地說。

「您都在這裡用功啊？」

「只是我不能說是做什麼……」

「沒關係。」

應該是這家系的黑魔術吧。

若是看得見的人，馬上就能發現庭園一角有那樣的設施。

「我原本以為這其實是要蓋給姊姊的，可是現在是我在用。」

「這個……或許也是吧。」

「嗯？」

「沒什麼，我太僭越了，請您忘了吧。」

主人應該不需要這個設施。

作為鑽研魔術恐怕也沒有意義。不用藉魔法師的想法，刺客自己也明白了這樣的「事實」。任何魔術系統，無論東方或西洋魔術，都對主人沒有值得一提的差別。因為主人正是這個世界的——

「呃……如果妳想參觀，我可以帶妳進去逛一下。」

輕輕地。

她的手向刺客伸來。

啊啊，這是何等純真，何等善良啊！

不可以。只要碰一下這副身體，妳就會立刻痛苦纏身而死。

因此，刺客避開了孩子伸來的手，自然得讓她以為是碰巧誤判距離，沒有碰到。白皙的手指，沒有接觸褐色的手指。

「咦？」

「請恕我拒絕，綾香小姐。」

咫尺千里。

搭不上的兩隻手。

「像我這樣卑賤的人，您不應該亂碰。」

沒錯，靜謐的哈山到最後一刻都不會發現。

通往另一種未來的路，在這裡斷了。

光明崇高，「萌生細芽的希望」，絕不會為她所有。而是將在幾天後，降臨在蒼銀騎士身上──

因為沒發現。

所以她沒有打開這扇玻璃門。

就只是站在一小步前。

與旁人伸來的手──保持距離。

「原來如此……」

沙条家，原作為客房使用的一室中。

輕輕地，男子表述感想。

那是個有著烏亮長髮的男子。那深富魅力的容貌，只要是看得見他的人，大多都會讚賞個一兩句吧。深邃的眼神兼具優美與穩重，脣形俊美的嘴邊浮著能安撫他人心神的微笑。

沙条家工坊內，加倍工坊化的客房裡，男子──魔法師點了點頭。

他剛剛深深明白一件事。

關於不能作自己的無主使役者。

不是擁有聖劍，卻不曾將它用於原本用途的騎士。畢竟那個騎士還有主人，這裡說的是另一騎英靈。

和魔法師相同，沒定契約也仍服侍愛歌的使役者。位階是刺客，真名為靜謐的哈山，或哈山・薩瓦哈。

真是個可悲的女人。

雖然對她過去所知不多，但可想而知，應該有段悲慘的人生。

然而看在魔法師眼裡，她現在的模樣扭曲得有點過了頭。甚至讓人懷疑，她究竟懂不懂自己真正的心願是什麼。

相反地。

魔法師早已深深明白。

「那就是妳追求的東西嗎，刺客？」

話聲慢慢在寂靜的房間裡融化。

「……妳一點也不卑賤，反而很尊貴。」

他的話，是種宣告。

來自某種告發，或某種判決。

「可是正因如此，

妳現在有必要知道，自己所作所為會招來怎樣的結果。」

視線轉向房內一角。

人造人的培養槽內，有個「東西」漂浮在藥液之中。

原本評為沒有用處的東西，會不會有什麼意外的用途呢？

關於英靈（使役者）的興趣、嗜好。

如同過去所述，應召喚而現界的英靈具有明確的人格，自然也必定具有原本的個性與嗜好。應其個性建立圓潤關係的重要性，應已不需贅述。

這裡要具體說明。

興趣與嗜好，在怎樣的狀況下會顯得特別重要。

若要求使役者只在戰鬥時實體化，平時極力保持靈體化，將嚴重壓縮他們與人接觸的次數。在這樣的情況下可以預測，他們也不會有接觸興趣、嗜好的餘地。

然而，假如有某些原因——

使魔術師（主人）或使役者經常自發性地接觸彼此，或有特殊需求而不適合靈體化。像這種狀況，兩者接觸彼此興趣或嗜好的機會就會大增。

我所知的一例，是關於進食。

某騎英靈對進食有明確的特定癖好。

是因為不靈體化，持續保持實體，才會有高度食慾嗎？

抑或是，進食行為本身能提供輔助性的魔力補給？

事實上，魔力的確與生命力相連，補充營養和休息，對維持身體的生命機能是有其助益的。

不過能否將其明確認定為補充魔力的輔助行為，仍有待商榷。

但是，萬一該行為中補給的意思並不高。
若能明確認定為興趣或嗜好，就不該忽視。
若自身能力或技術允許，滿足他們的需求絕不會對聖杯戰爭造成負面影響。
只是——
前提是不得違反隱蔽神祕這條魔術師的鐵則。
事情不是盲目滿足他們就好那麼簡單。

（摘自某冊陳舊筆記）

能聽見惹人憐惜的聲音。
他（劍兵）很快就明白那是少女奏響的無言旋律（Humming）。
妖精的歌聲。

令人想起在故鄉不列顛密林中，聽見妖精歌唱的那段遙遠時光。

現代魔術師稱為幻想種的各種生物，他曾實際目睹。時而聽聞他們的聲音，時而與其接觸對話；若是向人民逞凶的巨人或魔獸，也曾斬於劍下。

現在，如此在傍晚的餐桌邊就座的他聽見的，正是與那時的妖精合唱極為相近的美麗曲調。

世上第一次聖杯戰爭中，成為他主人的少女。

沙条愛歌。

她哼出的歌曲是如此嬌柔、清麗。

如同她的身影帶來的想像。

那位大魔術師梅林，肯定會將她比喻為花朵吧。即使是不擅詩歌，總是伴著戰火在不列顛馳騁的他，也覺得像朵花。

和邂逅她那時一樣——

想到斑斕綻放，沾染朝露的碩大花朵。

「對不起喔，你肚子大概都餓扁了，還讓你等那麼久。」

泡完澡後，少女做出了一整桌的晚餐。

菜色豐盛得簡直像把全世界都搬上了桌。主菜是「來自英國」，塞滿香料的烤雞，以及外皮焦香內裡半生，拿捏得恰到妙處的烤牛肉。湯品有藉由大量紅椒粉燉出深奧滋味的兩種奧地利式匈牙利牛肉湯，法式沙拉和各種前菜，彷彿是出自特別細膩的藝術家手筆。

大致上，上菜到這裡告一段落。

不過這樣還算小意思吧。少女如是說。

「但你是超越人類的使役者，而且我已經知道你很會吃了……所以比賽現在才要開始喔。」

如花蕊般微笑。

如星辰般閃耀。

少女跳舞似的到處打轉，將寬闊的餐桌越擺越滿。

俄國的鮮豔羅宋湯，近東的俄國水餃和卡博烤肉串，中國的燒賣和刀削麵，日本的小鍋飯，形狀大大小小的麵包則全是德式。後面還有很多很多，琳琅滿目——

「來，劍兵。儘管吃吧♪」

「還真是壯觀啊——」

見到成堆菜餚，劍兵睜圓了眼。

少女雖一一為他介紹，但聽到一半就記不住了。那個黑黑圓圓的蛋是什麼？雖然像雞蛋，可是從來沒見過那麼黑的蛋白。是不認識的動物嗎？還是魔獸或幻獸的蛋啊？

（真的什麼都難不倒妳呢，愛歌。）

就連專業廚師也比不上。

少女的手藝，變得比先前更加完美。

「盡量吃，不用客氣。愛吃多少就吃多少喔。

然後……可以的話，要告訴我哪個最好吃喔。」

「好。」

劍兵點點頭。

想了想，開口問：

「我一個人吃行嗎？」

「當然行。就算我把整個世界搬上來，你也一定能吃光。」

那可就難說了。

話到嘴邊，劍兵又悄悄收回咽喉裡去。

因為不該讓少女真心的笑容蒙上陰影。

這個少女——

就是該笑。自然地，帶著正面的光采。

「你想再多吃也有……不過，千萬別太勉強喔。」

這麼地惹人憐愛。清新脫俗、活潑體貼。真的就是個少女。

沒有任何憂愁，也沒有虛假。

劍兵深深感受到，那不是偽裝的微笑。

擁有近乎「全能」的能力，神代魔術師都望塵莫及的驚人神祕天賦，有時舞弄著宛若妖姬摩根的殘酷——竟能笑得這麼可愛。微微地，靦腆地。

好了，就嚐嚐少女揮汗烹製的菜餚吧。

其中的滋味會是邪惡的嗎？不，絕不是。

的確只是想撫慰、犒賞在戰鬥中負傷的他而已。

這麼一來——

如果是能親手創造這滋味的少女——

他忍不住懷起一縷希望。

才想張嘴的劍兵，無意間想起日前的事。

那是，使用超常絕技而自毀的勇者（弓兵）之語。

『騎士之王啊，帶著榮耀揮舞光輝之劍的人啊。』

『——你要對聖杯許什麼願望？』

更多記憶甦醒。

那是，帶著堅定自信散布神威的神王（騎兵）之語。

『余知道那種光。』

『余見過那麼一次。就在余的好朋友、好兄弟背余而去的那一天。』

『那麼，你一定是——』

每個都是令人敬佩的強者。

每個都是值得激賞的戰士。

為願望賭上性命的聖杯戰爭中，他們都是耀眼的英雄。

那麼，我算什麼？

劍兵自問之餘，回想眼前少女的父親談起她時說的話。

『那東西——

愛歌是在召喚出你以後，才開始會那樣子笑。』

那是幾天前的對話。

到東京灣上奔赴決戰之前。

沙条家當家沙条廣樹將劍兵叫進他房裡，對他說了這些話。

『以前的那東西，與其說是人類……』

當家房裡沒有其他人。

沒有現在來到這宅子裡的魔法師或刺客。

參加聖杯戰爭的愛歌也不在，她正在做菜。

『……總之，愛歌在召喚之後有明確的改變。

行為開始像她的年紀，像一個純真的少女了。』

沙条廣樹的態度很冷靜。

保持單純敘述事實的語氣，淡淡地說。

『那麼……』劍兵發問了。

召喚我以前的她，是個什麼樣的女孩呢？

『女孩？喔，也對。她外表是那樣沒錯，可是她從還是個嬰兒的時候，就是個好像能看穿一切的人。感覺上，她有時甚至能見到自己的結局。』

結局——

追問具體事例前，沙条廣樹說了下去：

『只是，從某個時間點之後，那種感覺就不見了。對魔術的天才還是一樣高超，但至少，看透自己未來的那種感覺都沒了。相對地，她幾乎失去了所有表情。那時候，我內人已經離世，我給綾香請了一個奶媽。她跟我說過，姊姊愛歌就像是個活著的鬼魂。』

那你對她是什麼感覺？

劍兵的問題沒有得到回答。

『她和綾香多少有點互動，可是……說實在的，我很懷疑愛歌到底懂不懂綾香是她的誰。』

好殘酷的話。

對於沙条綾香這麼一個小女孩。

對於沙条愛歌這麼一個少女。

沒錯，那對姊妹倆都很——

『然後現在，召喚出你以後，愛歌有了很豐富的表情，不過——』

話說到最後。

變得不像對話，接近自言自語。

『……不管怎麼想，

我都不敢說那是值得高興的事。』

「愛歌。」

對話發生在用餐途中。

那或許是個不該在餐桌上談的話題。

劍兵的直覺和自覺告訴他，假如少女能微笑得像個少女，最好就是讓她繼續。但看見她那樣微笑，得到這樣的撫慰，又使他決定說出口。兩者在那瞬間極力相牴。

結果是後者贏了。

於是劍兵下定決心，開了口。

其實這樣的動作，他已經做過好多次。

「……現在，已經可以說聖杯戰爭大勢底定了，對不對？」

「嗯？」

沙条愛歌保持笑容轉過身來。

「對啊，劍兵。已經跟贏了一樣。」

在他開口前，舀一匙湯添進他盤裡，興高采烈地說。

表情——仍像個善良的妖精。

言語——仍是開朗無邪。

「——馬上就能把六人六騎都殺光了。」

全部。

都一樣。

和聽見劍兵對菜餚滋味表達感想而開心時沒有兩樣。

和獲得他稱讚好吃而樂不可支時沒有兩樣。

和第一次告訴她殺人不是好事，她可愛地歪頭反問「為什麼」那時也完全如出一轍。

「狂戰士比想像中簡單好多喔。你說無論如何都要和他打的時候，我還擔心了一下，不過你本來就不會輸給他啊。嗯，結束以後，才發現他的主人也是很簡單就殺掉了。」

『匈牙利湯比想像中簡單好多喔。我想你一定對那種菜很陌生，所以還擔心了一下，不過你本來就很喜歡細緻的調味嘛。嗯，做好以後，才發現味道真的既清爽又纖細。』

原來如此。

是這麼回事啊。

「騎兵雖然很棘手，不過到最後還是成功了。你也知道，弓兵幫了我們一把對吧？就算是高高在上的王，也要從聖杯戰爭落敗了。」

『俄國水餃雖然很棘手，不過到最後還是成功了。你也知道，那就像普通水餃一樣對吧？雖然不是完全一樣，也都是包餡的麵皮。』

兩者之間——

「魔法師和刺客都不會有問題。他們都是好孩子，不會反抗我。」

『烤雞一定不會有問題。之前就做過一次，已經掌握到訣竅了。』

沒有差異。

事到如今——劍兵才逐漸明白。

她聽不懂我的話？

不對……不對！

她聽得懂。可以肯定，少女能理解我的話。

她是在這個前提下做出那些回答。也就是說——

戰爭的趨勢和烹飪的話題，對她完全沒有差別。

殺人的事實和烹飪的話題，她看不出任何分別。

「……呃，對不起喔。如果害你不高興了，我道歉。我明明知道你是一個心地很善良，無論如何都想救人，很貪心的人。」

視線飄搖。

眼睛，甚至感覺濕了些。

少女的表情蒙上濃濃陰影。

「我明知道你不喜歡那種事，還忍不住一直說……對不起喔，劍兵，我以後會更小心。你討厭的事……」

真摯。

誠懇。

帶著真情流露的清澈眼神，少女是這麼說的。

「我以後『盡量不說』。」

「愛歌。」

「沒關係，我不要緊。只要是為了你，我做什麼都可以。我也知道你誰都不想殺，所以——」

她話暫且說到這裡。

用甜美無比的微笑。

用比誰都更可愛的注視。

純潔秀麗的少女，對蒼銀騎士說：

「你的願望（遺憾），我來替你實現。」

——伴著妖精的光輝。

「你很善良，也很殘酷。

為了讓你絕對不會討厭自己……」

——伴著花朵的明媚。

「我來代替你，把『大家』都殺掉。」

——比什麼都更通透的可人瞳眸。

「這樣就好了吧？對不對，劍兵？

我一定會努力救回你的故國（不列顛）。」

——足以抹去世間萬象。

——仍未沾染任何色彩的絕對的白，的確就在那裡。

劍兵閉上一度張開的脣。

他什麼也說不出口。

為勸誡她而準備的每一句話都煙消雲散。

亡國的騎士王，必須接受她每一句話。

全如少女所說。

為了唯一的心願。

因為他和所有現界在這極東之地的英靈一樣，有需要借聖杯威能實現的絕對宿願。因為他早已決意，即使以高潔清白著稱的自己雙手被汙血染紅染黑，也要拯救遙遠從前的故國。

以及——

因為身為蒼銀騎士的他。
尚未遇見讓他明白自己鑄下大錯的希望之芽。
他沒有抗拒少女那絢爛的心意。

（第三部〈Beautiful Mind〉完）

Special ACT: Stray Sheep

——哥哥不見了。

來野巽已經三天沒上學了，也沒有向任何人告假。不管打電話還是直接到公寓按門鈴都沒反應——東京哥哥那所高中的導師聯絡我們時是這麼說的。

導師知道他不是會和壞朋友連夜流連渋谷的人，我們也知道。不過一開始都沒有想得太嚴重，只當他是最近開始會玩成這樣，或是交到了那種朋友。爸爸說「我年輕的時候也——」之類的話，一定是打算安慰媽媽吧。

爸爸過不久要出國出差幾天，媽媽身體又變得很不好，只好由我上東京一趟了——帶著哥哥公寓的鑰匙。

應該說，我自願去找他。

剛好我國中最後一場段考考完，高中推甄的考試也結束了。

「我去啦。爸爸工作很重要，媽媽也要好好修養才行。」

「可是小環……」

「沒問題，都這種時候了，請一天假不會影響校內成績啦。」

「我不是怕那個。小環妳要知道，一個女孩子──」

「我都要上高中了耶。」

媽媽一開始很反對，擔心我一個國中女生單獨出遠門很危險，但我寒暑假其實也自己去哥哥公寓找他好幾次了。說實在的，我覺得現在更應該一個人去。

說不定哥哥是發燒病倒，才會連老師來敲門也沒辦法反應──媽媽是擔心發生這種事，爸爸就不怎麼擔心的樣子，說年輕人很容易一時衝動就跑出去瘋個幾天什麼的。

那我是怎麼想的呢？

會一開門就看到哥哥發高燒倒在地上動彈不得？

還是會發現他和寒假完全不同，變成壞學生了？

不對，都不可能。

雖然自己沒憑沒據就是了。

──咦，小環？妳怎麼來了？

我說不定是想像，哥哥會笑著這麼問我。

來野環。

印在國中學生手冊上的，我的名字。

旁邊是我穿制服的大頭照，拍得還滿可愛的。有人說照片上的我像哥哥，不過我覺得比較像媽媽。

哥哥誇我拍得很好看，是去年三月底的事。應該是春假那時候吧。哥哥看見我升上三年級後剛換新的學生手冊，不曉得在高興什麼。

我當時是什麼反應呢？

好像是叫他不要一直看，輕輕捶了一下他肩膀。

「……找到了，HIKARI四號。」

ＪＲ廣島站——綠色窗口前，我一邊排隊並拿出學生手冊，同時查看電子告示板。新幹線再二十分鐘就到了。上車以後，應該過中午就會到東京車站，三點前就能到哥哥的公寓。

這種時候，我就會很慶幸他住在離ＪＲ車站很近的廣島市。

平常都不覺得哪裡方便，但也沒哪裡不方便。與我出生並住了十二年出頭的東京世谷田相比當然有很多不同，但廣島也沒讓人不習慣到值得抱怨。

說起來，搭廣電——路面電車幾分鐘就能到八丁堀之類的鬧區，說不定比住在世谷田還要方便。雖不及池袋或新宿那樣的大都市，如果只是要逛逛大書店，買買衣服，和朋友出去玩，已經十分足夠。

如果要說哪裡厲害，大概就是到處都是廣島燒的連鎖店，和漢堡類的一樣多吧？這裡的廣島燒和東京不同，店員不會幫你煎，要自己動手。這真的讓人有點驚訝，驚訝到讓我想到哥哥看到一定會臉色發青。

因為哥哥的手不怎麼巧。

尤其是很不會「翻轉」。這讓他在一個人住以後，經常發牢騷說一直煎不好魚。

相反地，我對煎魚和廣島燒都得拿手。帶他平常不太吃的煎魚去探望他，是我每到長假都免不了的慣例。

「買點東西再過去好了。」

買了對號座的票請站員剪，搭上剛進月台的新幹線，到禁煙的十號車廂找出我的座位坐下。

「……照樣買煎魚嗎？」

並喃喃自問。

反正他一定都沒吃什麼像樣的東西。

如果要幫他煮一點起來放，就得先去買菜。

大部分時候，哥哥的冰箱都是空空如也，一看就知道根本沒在開伙。要是媽媽看見了，恐怕會焦慮得暈倒。我這次自願上東京找他，一部分也是因為這件事。

否則要是哥哥什麼問題也沒有，只是因為某種巧合或差錯搞出來的烏龍──十之八九是這麼回事吧——哥哥好端端地在公寓裡。這樣的話，媽媽保證會認為哥哥的獨居生活過得很不正常，然後擔心過頭，甚至病倒。

「有夠愛亂操心。」

我看看窗外。

平日的新幹線人不怎麼多，很簡單就能買到靠窗座位。

厚厚的玻璃外是廣島的街道，連天碧海。

天空灰濛濛的。

我不太喜歡那種顏色。

「Stray Sheep」

十三點十二分，抵達ＪＲ東京站。

天空的顏色和廣島一樣，很陰沉的灰色。

再轉乘ＪＲ線和私鐵線，前往哥哥住的世谷田區。直至兩年前，我們全家都還住在這裡。可能是每季都會來玩吧，看起來感覺什麼也沒變。

其實不是那樣。

變化到處都有。

小時候擺在街角的自動販賣機撤得一台也不剩。

經常和哥哥一起玩的空地蓋起了五樓公寓。

轉乘私鐵而出的新宿車站周邊，我是幾乎看不出來有哪裡改變；不過在世谷田，只要平時用心觀察，就會發現有什麼在改變。

熟悉的地方。前不久，我們還在的地方。

淡淡地，有種空氣淤積的味道，是光化學煙霧嗎？在這種大冬天？

氣象局沒有發警報卻還是聞得到，所以是我的錯覺嗎？因為小時候經常在聞，所以現在才「聞得出來」嗎？不太清楚。

不過，那讓我有點放心——

覺得這裡真的是我熟悉的地方，有哥哥在的地方。

曾有一次哥哥告訴我，我一直很討厭的這個臭味，是光化學煙霧造成的臭氧氣味，搬家以後聞到的機會應該會減少很多之類的。

「……嗯。」

我將手按在心口上。

原來是這樣。會覺得放心，就代表我很擔心吧。

一旦有這樣的自覺，我就明顯感到全身的緊張都放鬆了。沒事的，一定沒事。哥哥住的地方——我們前不久還在的地方都幾乎沒變了，所以哥哥一定也和平常一樣。

比廣島稍微窄一點的巷道，走過人家屋外時對我大聲叫的哈士奇都沒變。和一個月多一點以前，寒假來的時候一樣。

先買點菜——和其他東西再過去好了。

這個時期有什麼魚呢？

算了，還是先去和哥哥打聲招呼吧。想先看看他。

在東京站的月台上，還覺得叫他不要害媽媽擔心就好，不過我改變心意了。因為我也開始擔心了，所以至少要讓他說聲對不起，我才甘願。

有沒有想吃什麼，希望我替他煮什麼之類的問題，等他道歉以後再說。

於是我——

按照計畫，在下午三點前抵達哥哥的公寓。

我先檢查信箱。沒有信件堆積。

接著走樓梯上二樓，按哥哥房間的門鈴，等了兩秒再按一次。

沒反應。

按第三次鈴後，用備用鑰開了門。

小小的個人套房。

從玄關先是看見廚房和流理台，再後面是三坪大的房間。

「哥哥？」

沒人回答。

沒有倒在門口之類的。

小小的浴室、廁所、三坪房間。

都找不到哥哥。

我還打開壁櫥確定看看，結果還是沒人。全家還住在這間公寓附近的時候，或者說還很小的時候，哥哥和我都常鑽進壁櫥裡玩。

可是這次哥哥不在。

「……咦？」

再怎麼納悶也沒用。

到處都沒有哥哥的蹤影。

——無意間……

我發現小小的茶几上，擺著兩個茶杯。

真的很亂來，很魯莽。

我們要做的，真的是一件亂來到極點的事。

不僅朋友那麼說。到現在，我也沒懷疑過他的話。

對，很亂來。

不管怎麼想都很不利。

所以，我要在這裡留下我的話。

其實我很想直接在房間留字條，可是不行。他有告訴我為什麼不行，可是我聽不太懂。

總之是因為隱蔽那類的？那方面的事，會有人徹底執行的緣故。

如果在房間留下相關的東西，會馬上被處理掉。

所以，在這裡。

我要留下我的話。

爸爸。

媽媽。

小環。

你們保重。

我的思緒很正確。
我的感覺很平靜。
無論任何事，我都能如實接受，心情像靜止的水面一樣清澈。
沒有絲毫忐忑。
沒有任何迷惘。
我隨時都能死。
將我所有靈魂獻給聖杯。
會不會不想死？
不會。
不會。

（摘自學生手冊備忘欄）

我——

靜謐的哈山。

哈珊・薩瓦哈，以影之英靈（刺客）位階現界於當世的——這樣的我。

已經作好隨時赴死的準備。

不是心灰意冷，正好相反。

我終於得到了。

沒有依靠聖杯的力量，也實現了我的心願。

那就是，我得到了主人。

那就是，我得到了碰觸這副身體也不會死的絕對之光。

我還能奢望什麼？

一個也沒有。

我已經滿足了。在從前的人生穿梭，起舞於暗夜之中時，也不曾這麼滿足過。

甚至比起蒙獲死於「那位大人」之手，讓我無疑以哈山．薩瓦哈的身分死去的那一刻，我更滿足得幾乎滿溢。

——我想，我的心一定已經滿溢了。

為了她，我願意一死。

倘若這汙穢至極的靈魂，能成為魔術師所說的「善魂」而真正啟動聖杯，我願意雙手奉上。隨時都行，現在就行。

啊啊，那一刻究竟何時才會到來呢？

崇高尊貴，我無可取代的主人——沙条愛歌大人。

我的主人，已經找到大聖杯的所在地。

剩下的主人，其實只剩一個。

聖杯戰爭的終末之時，已經接近。

這麼一來，主人現在說不定已經根本不在乎魔術師賭上生命的聖杯戰爭會怎麼變動。事實上，主人的心思也已經傾向啟動大聖杯了。

這沙条家，應該也不用多待了。

再過不久，據點就會移到大聖杯——

「妳來得正好。」

瀕臨黃昏時。

有人輕輕打破走廊的寂靜，對我說話。是術之英靈（魔法師）。

向主人宣誓忠誠的英靈。他和以令咒連結為正式使役者的劍之英靈（劍兵）不同，與主人的關係和我比較接近。同樣都是受到主人點召，自願歸順沙条愛歌的人。

反叛的英靈。

但是，他與我有根本性的不同——他不是個反英雄。

真名是帕拉塞爾蘇斯。

生在魔術與科學的分別沒現在那麼明確的年代，久遠的魔術師。

傳說中慈愛世人，對醫療發展大有貢獻的男人。走的不是布滿血腥的道路，而是令人目眩的正道，在人類史上留名的一騎英靈。

「我找妳好久了，刺客。」

烏亮黑髮底下的唇，對毒女（我）微笑。

是我厭惡的表情。

我很清楚。

那肯定是發現獵物而舔唇的野獸，狂人的表情。

我跟著他來到一間客房。

沙条家當家沙条廣樹老爺——主人的父親，准許我們使役者在屋內自由走動。唯一的規定，是盡量避免接觸主人的妹妹沙条綾香小姐。即使遇見了，也不要透露自己是使役者，別將她捲入聖杯戰爭。

我日前意外遇見綾香小姐後，廣樹先生那麼叮囑我。

因此，我現在特別小心。

以靈體待命的時間也增加了。像這樣實體化時，也會提醒保持沒有面具的少女模樣。

而魔法師和我不同，在屋內的活動從一開始就相當多。東京灣上的決戰時，他精煉成功的「賢者之石（Elixir）」為劍之英靈提供了莫大幫助；而決戰結束後至今，他也為了啟動大聖杯，規劃著各式各樣的魔術手段。雖然不知我的主人是否真的需要，至少主人准許他所有活動。

這客房即是一例。他向老爺借了幾間客房當工坊，日以繼夜地埋首其中。

「……有新的使魔嗎？」

「對。」

魔法師點了頭。

我早已感到，有東西潛藏在沒開燈的客房暗處。

「不明」的東西。

和我們一樣與魔力連結極深，但不是使役者。雖能感到異常高的魔力，可是不太一樣，也不是幻想種。空氣中稀薄的茉莉花香，會是為了掩蓋那東西散發的屍臭嗎？

不尋常的生命形式。

我明白。

與聖杯賜予的知識無關，我哈山．薩瓦哈一進房就明白了。

那是不該存在的穢物。

渴求一切生命的駭人怪物。

會是低賤的食屍鬼(Ghoul)一類嗎——

「都什麼局面了，這種死屍對主人能有什麼幫助？」

「這不是要給愛歌大人，而是我做來送妳的，刺客。」

「什麼？」

「在人間，這是最適合妳的東西。」

接著，他當面對我這麼說：

——妳並不適合作愛歌大人的僕人。

「所以，我要送妳這個可憐的毒女一個禮物。」

「……你的話——」

說完了沒？

我讓下半句話融入暗影的同時，輕輕地吐氣。

這男人在氣息能彼此接觸的距離，向七騎英靈中速度最快的我挑釁，該不會以為能平安無事吧？無論是毒吻還是抽刀都一樣，只要我順從憤怒刺穿他的靈核，雖然對整體影響薄弱，還是會對主人的大願之路造成些許延誤——

然而，若只是劃破他那英俊的臉龐，我倒是很樂意。

沒關係嗎，魔法師？

我以視線這麼問。

他沒回答。

只是冷冷地繼續說：

「這是完全符合妳需求的禮物。妳不一定需要愛歌大人吧？只要是被妳碰了也不會死，『什麼都好』。難道不是嗎，靜謐的哈山？」

聽他說著我的真名，我終究忍不住看了。

看那從陰影中現身的東西。

步行的屍體。

喪命之人。

「我給了他『虛假的生命』。一般而言，活屍(Living dead)一類要得到幽體的腦，需要天時地利的配合……不過我這英靈的製作道具技能水準非比尋常，結果便是如妳所見。」

「你……」

怎麼會？

怎麼會？

不，我殺了他，我明明殺了他。

為什麼？

「這是死後重生，擬似的復活。用了我所創造的『賢者之石』，可以讓死亡暫時遠去。雖然這個個體的腦部已經報銷，略嫌美中不足，不過我還是有辦法賦予他生前的記憶。」

「為什麼……」

「我說了，這是為了妳。妳有必要知道，妳真正的愛是什麼。」

「愛……？」

我的聲音。

不可能，我怎麼可能發出這們細小的聲音。

即使為了撕裂獵物而演戲設陷阱的時候，聲音也沒那麼細小過。

啊啊。

啊啊。

在我，眼前的，不就是——

——我親手奪去生命的人。

那天，那晚，那時。

東京都杉並區，公寓最頂樓。

我所擁抱。

我所親吻。

我融毀大腦，完全殺死的——他。

狂戰士的主人。

擁有赤紅靜止魔眼的那個少年。

他叫什麼名字？

「妳……是……誰……？」

青紫的脣蠕動著——

乾啞的聲音，從死後發硬的喉嚨擠出來。

「不可……以……

我……真的……不想殺……妳。」

白濁的眼。

直視著我。

不該寄宿在死人身上的東西，就寄宿在那裡。

會是吸血種嗎？不知道。我不知道。不對，他的腦已經崩解。那麼，不……可是在這裡的……復活的……的確是他沒錯。

其實很明顯。

我聽得懂。

我認得出。

他在說「那晚沒說完的話」。

——我兩隻眼睛睜得好大，站著動也不動。

「啊，果然，我就知道妳會喜歡。這份禮物簡直與妳是天造地設，因為他無論中了什麼毒都不會死。妳的毒的確很強，高階幻想種也殺得死吧……但屍體就不在此限了。」

冰霜一般的聲音。

就在我的背後。

「來，儘管撫摸他吧。

現在誰都不會阻止妳——」

哥哥：

你還好嗎？
媽媽真的很擔心。
打電話就行了，趕快聯絡我們。
不是打電話也沒關係。
我也很擔心你。
到底怎麼了？

（摘自給來野巽的留言）

「哥哥，我跟你說喔。」

對——

那是我和他說話時的事。

我不覺得有那麼久，但還是很久以前。

應該是我們難得跑遠一點玩，沿著丸子山川走路回家的途中。那時候的家還是離哥哥現在住的公寓很近的二樓獨戶。我們肩併著肩，手牽著手。

我的個子比同年紀的女生還瘦小，膽子更小。

幾乎不會一個人出去玩或跑去同學家，每次都是哥哥去哪裡就去哪裡。

嗯，真的。

我每次都在找哥哥在哪裡。

看不見人就號啕大哭，然後哥哥就會馬上跑過來。

回程時總是手牽著手。

哥哥一點都沒有不情願的樣子。我一握住他的手，他也會緊緊握回來。

由於當時的我話並不多，無論來回，說話的大多是他。我負責點頭，小聲答「嗯」。

每天都是這樣。

我記得很清楚。

其中記憶最深刻的，說來說去來就是那一天，那個時候——

「剛剛，阿德當壞人的時候……」

發生在和哥哥的同班同學德光玩完以後的回家路上。

當時我們都很喜歡看星期五晚上的動畫，中間常常會看到有特殊化妝殭屍的電影廣告。那時候很流行那類恐怖電影，大概吧——每次都把我嚇慘了。

所以，那天也一樣。

即使只是小孩子的無心遊戲，我也怕到了心裡去。

德光扮演的壞人是手段凶殘，計畫在整個東京的自來水下毒的怪人。

而哥哥是正義的一方。

對抗邪惡的改造人之類的角色。

而我在玩這種遊戲的時候，可以說每次都當人質。

「我有點怕怕的。」

我對哥哥小聲地說。

不是有點，是真的真的很怕。

因為，要是自來水管理的水真的有毒，大家都會死。

媽媽、爸爸，那時候養的狗小小，幼稚園的同學、老師。每個人，我喜歡的每個人都會死去。

我還忍不住想像了那種畫面。

玩完走回家的時候，我一直在發抖。儘管根本不冷。

德光大笑著說「全部殺光」「每個人都死定了」之類的話，深深刺進當時的我心裡，讓我無比恐懼。

那和平常很會打躲避球，不太會打電動的德光很不一樣。

抓著我不放的他在那一刻，無庸置疑地是個「壞人」。

所以我好害怕，好害怕。

「只有一點點喔。」

我這麼說，用力握住哥哥的手。

「可是，因為有哥哥在，我就不怕了。」

一半是假。

一半是真。

雖然我很怕，可是有哥哥在——

因為我知道哥哥會來救我，我才能忍耐到遊戲結束。

也知道回家路上，他會這樣牽著我的手。

「什麼嘛。結果妳不怕啊？」

哥哥多半有發現我在逞強吧。

不過，他什麼也沒多說。

只是對我笑。

放心，沒什麼好怕的——他用表情這麼告訴我。

在哥哥的公寓——

我在書桌上留張字條後，不知所措地站著發愣了幾分鐘。

最後想了想，採取行動。

聯絡警方？不是。

聯絡家裡？不是。

可以肯定的是，至少前幾天哥哥還住在這裡。充滿生活感的房間，彷彿還在等主人回來，所以我想他應該很快就會回來。

寧願這麼想。

我要做的，或許不是最好的行動。

儘管如此，我還是決定做自己能做的事。

於是我暫且離開公寓，到附近營業到晚上十點的超市買菜。店員阿姨一看到我就說：「好久不見啦。」「爸爸媽媽都好嗎？」之類的日常寒暄，我盡量擠出笑容回答，將食材一一塞進購物籃。

沒用到意料中的空冰箱，開始做菜。

涼拌菠菜、芝麻牛蒡。

蜆肉紅味噌湯。

還煮了應該是家裡送來的米。

青菜加了很多豬肉。辣一點、口味重一點，炒出一大盤。

然後煎哥哥愛吃的魚。鰆魚，如同字面，是春天的魚。雖然空氣還很冷，不過春天就快到了。

「好，大功告成。」

我也覺得這頓晚餐做得很棒。

平常沒有白幫媽媽下廚。

「可愛的妹妹替你做這麼多，如果還敢說『我想吃咖哩』什麼的，看我怎麼修理你。」

菜做完時，太陽已經下山，天都黑了。

我這才想到，要用公寓電話聯絡家裡。

「……嗯，我再等一下看看。」

電話另一頭，媽媽的焦急就要升到最高峰。

儘管三點才來過電話，離現在也有幾個小時了，擔心也是沒辦法的事。我一面道歉一面設法安慰她。不要亂想，他雖然真的不在，但看樣子沒有離開很久，一定很快就會回來。

總之今天我先在這裡過夜，明天再看看狀況。

這麼說之後——

「不要哭了啦，媽媽，不會有事的。」

掛上電話。

並「呼」地吐一小口氣。白白的。

差點忘了開暖氣。不然好不容易做好的菜，才剛擺滿茶几就要涼了。這些菜……我都不畏風寒做了那麼多好吃的菜——被你害的。所以拜託你趕快回來。

趁菜還熱騰騰的時候。

和我一起吃。

誇它們好吃，什麼都好。

然後，我要問你為什麼亂跑，甚至翹了哪麼多天課。

「……啊……該不會是和女朋友出去玩了吧？」

說出口之後，我才覺得機會很低。

「想太多。」

不管來幾次，哥哥都是那樣。個子一直長高，體格也越來越壯，即使長到快比爸爸高了，一談起女朋友的事就一臉沒自信。

「既然人家說我們很像，就表示你也滿帥的，拿點自信出來嘛。」

自言自語。

按下電暖器開關等它熱的時間，我站起來，吐著白白的氣搓手。在房裡空氣暖起來之前，別說圍巾，連粗呢大衣也穿起來好了。

我向掛在牆上的大衣伸手，途中不禁停下。

大衣旁邊。

用衣架掛在牆上的一整套學生制服。

和哥哥體格相似的黑色無頭人形。

「……你去哪裡了啦，哥哥……」

輕輕一聲。

輕輕捶一拳。

——扁扁的學生制服給我的，只有空虛的感觸。

其他什麼也沒有。

後記（※注意　內有劇情洩漏）

櫻井光

投身聖杯戰爭的魔術師（主人）與英靈（使役者）。
超越悠久時空而相識的雙方，必定會給對方立下自己的定義。
一時的幫手，真正的朋友，實現願望所需的祭牲。
或是完全不同的——

本作是《Fate/Prototype》的衍生小說，而《Fate/Prototype》則是以遊戲、漫畫、動畫等多樣媒體向世界擴展的TYPE-MOON作品《Fate/Stay night》的原型小說為原案塑造而成。《Fate/Prototype》以一九九九年的東京為舞台，而本作則是以其八年前——一九九一年，於東京展開的「最初」的聖杯戰爭為絲線所織出的一篇篇「碎片（Fragment）」。

召喚到一九九一年東京的四騎——刺客、狂戰士、騎兵、劍兵，以及他們的主人，四名暗中爭鬥的魔術師。

本集故事，便是以此八人的願望碎片為中心刻劃而成。

……很抱歉，這次不能多做透露。

能說的只有一點，那就是他們最深處的心願——那即使註定遭受名為聖杯的願望機無情攪弄，因強烈執著而成為推動悲劇輪迴的動力——

依然純粹。

至少，對他們的自我而言。

在這裡，我要向各位預告——

本作《Fate/Prototype 蒼銀的碎片》已定為含本集與既有的兩集外再添兩集，也就是共五集的故事。一九九一年的東京究竟發生了什麼——還會再發生些什麼，很榮幸將由我繼續編織下去。

懇請各位繼續陪伴，直到落幕。

另外——想不到吧，有新作要來了！

以碎片（Fragment）故事的主軸「沙条愛歌」為主角，伴隨英靈與魔術師的完全新篇《Fate/Labyrinth》將於《月刊COMPTIQ》集中連載，插畫當然仍是由中原老師擔綱。

若本作與新作都能帶給各位更多樂趣，便是我無上的榮幸。

再來是一些感謝的話。

奈須きのこ老師、武內崇老師，由於二位惠准我編寫《Fate/Prototype》一九九一年情境的願望，本作才能昇華為共五集規模的作品，實在感激不盡。

中原老師，感謝您不僅是故事核心部分的愛歌與英靈，甚至將細部雕琢聖杯戰爭的「群眾」都刻劃得盡善盡美。往後也請多多關照。

森瀨繚老師，感謝您提供古埃及世界及哈山・薩瓦哈等人物的眾多資料，我的請求每次都很無理，真的很不好意思。

設計封面及文本的ＷＩＮＦＡＮＷＯＲＫＳ、平野清之先生，以及《月刊COMPTIQ》的小山編輯與全體編輯部、營業部，本集也非常感謝各位的大力鼎助。

最後，我要向不吝翻閱這篇故事的所有讀者，獻上千千萬萬的感謝。

那麼——我們下個碎片見。

下集預告

在昭和路附近的小居酒屋——

「西方的魔術師」

「日德混血」

「我家
本來是日本名門貴族，
我還是[illegible]。」

「余知道
那種光！
余見過那麼一次。」

踐踏Sunshine City 60
[illegible]面·
躍上首都高速公路·

「好心人、
好心的使役者·
你對我這麼好·我可是一……

「在那之前，
你要盡量培養
那種感情。」

描述弓兵陣營與槍兵陣營的
《Fate/Prototype 蒼銀的碎片》第四集

為了所愛的子民，
高潔的英靈獻上靈魂!!

Kadokawa Light Novels

Fate/strange Fake 1 待續

Kadokawa Fantastic Novels

作者：成田良悟　原作：TYPE-MOON　插畫：森井しづき

這是充滿虛偽的聖杯戰爭。
其聖杯，將由虛偽邁向真實——

第五次聖杯戰爭終結後數年，美國西部史諾菲爾德出現下一場鬥爭——那是充滿虛偽的聖杯戰爭。聚集於虛偽台座的魔術師與英靈們，即使深知這是場虛偽的聖杯戰爭，他們仍舊在此之上不斷舞動。然而，注滿容器的究竟是虛偽或真實，抑或是——

NT$200/HK$60

台灣角川